dtv

Isabelle Amable ist eine auffallende Erscheinung, jung, blond und schön, ein Filmstar, eine Berühmtheit. Rätselhaft erscheint es, als sie in dem kleinen Dorf in Frankreich, aus dem sie stammt, eines Tages spurlos verschwindet. Sie ist wie vom Erdboden verschluckt. Alle Nachforschungen bleiben ergebnislos. Bernard Buffon, Lehrer an der Dorfschule und seit langem Isabelles stiller Verehrer, will sich damit nicht abfinden und sucht weiter, wochenlang. Eines Abends in der Dorfkneipe fällt ihm auf, daß die Kellnerin, eine ältere, sehr unattraktive Person, ein merkwürdiges Interesse an Isabelles Vergangenheit zeigt ... In diesem Psychothriller geht es um einen Kriminalfall, doch erzählt wird in Wirklichkeit vom Machtkampf zwischen zwei Frauen.

Tessa de Loo, geboren am 15. Oktober 1946 in Bussum, finanzierte sich ihr Studium durch die Arbeit in der Fabrik. 1983 brachte sie den Erzählband ›Die Mädchen von der Süßwarenfabrik‹ heraus, in den ihre persönlichen Erfahrungen eingeflossen sind. Er wurde sofort ein großer Erfolg. Seitdem hat sie drei weitere Romane veröffentlicht.

Tessa de Loo

Schönheit, komm, der Tag ist halb vergangen

Roman

Aus dem Niederländischen von
Rosemarie Still

Deutscher Taschenbuch Verlag

Von Tessa de Loo
ist im Deutschen Taschenbuch Verlag erschienen:
Die Mädchen von der Süßwarenfabrik (11944)

Deutsche Erstausgabe
September 1993
3. Auflage Mai 1997
Deutscher Taschenbuch Verlag GmbH & Co. KG,
München

Titel der niederländischen Originalausgabe:
›Isabelle‹ (Uitgeverij De Arbeiderspers, Amsterdam)

Umschlagkonzept: Balk & Brumshagen
Umschlagbild: Ausschnitt des Gemäldes ›La Chambre d'Echo‹
von Leonor Fini (© VG Bild-Kunst, Bonn 1996)
Gesamtherstellung: C.H. Beck'sche Buchdruckerei,
Nördlingen
Gedruckt auf säurefreiem, chlorfrei gebleichtem Papier
Printed in Germany · ISBN 3-423-11738-9

1

Vor nicht allzu langer Zeit verschwand in der Auvergne, einer Region in Frankreich, die wegen ihrer erloschenen Vulkane, grünen Kraterseen, mit Amethyst gepflasterten Straßen und ihrer Häuser aus schwarzem Vulkanit bekannt ist, am hellichten Tag die berühmte Filmschauspielerin Isabelle Amable. Man war schokkiert. Wie konnte das in einem modernen Land mit großem internationalen Ansehen und zahllosen Kernkraftwerken geschehen, einem Land, das in überseeischen Kolonien Atomversuche unternahm? War dieses Land überhaupt in der Lage, die Sicherheit seiner Bürger zu gewährleisten? Rundfunk und Fernsehen, Tageszeitungen und Wochenblätter berichteten ausführlich über die Vermißte und die großangelegte Suchaktion, die gestartet wurde.

Von beunruhigten Bewohnern der Region unterstützt, durchkämmte die Polizei mit Hunden das ganze Gebiet. Sie suchten in der unendlichen Heidelandschaft, in den Kastanienwäldern, an steilen Berghängen, in Schluchten und Gebirgsflüssen, in Grotten und Höhlen, hoch oben auf den kalten, windigen Gipfeln der spitzen »Puys« und der stumpfen »Plombs«, sie suchten auf den durch Lavaströme gebildeten Plateaus, die jetzt fruchtbares Weideland waren, sie suchten in den baufälligen »Burons«, die den Hirten als Unterschlupf dienten, sie suchten im schwarzen Wasser der »Gours«, im Torfmoos der sumpfigen »Sagnes«, fanden aber nirgends auch nur die geringste Spur der Schauspielerin. Es schien, als wäre sie plötzlich gen Himmel gefahren, als hätte sich der Erdboden aufgetan und sie gierig verschluckt.

Immer wieder wurde der Moment, in dem man sie zum letztenmal gesehen hatte, rekonstruiert. Seit Anfang Juni wohnte sie bei ihren Eltern auf dem Landgut Le Pompon, um sich von den anstrengenden Dreharbeiten ihres letzten Films zu erholen. Eine lange Wanderung in den Bergen war ihr zur täglichen Gewohnheit geworden.

»Das hat ihr immer so gut getan«, verteidigte Isabelles Mutter ihre Tochter gegen die Unterstellung eines jungen Journalisten von der ›Gazette d'Auvergne‹, daß Isabelle ihr Schicksal selbst herausgefordert habe, weil sie ohne Begleitung derartige Touren unternahm.

»Hatte sie denn gar keine Angst, so allein loszuziehen?« beharrte er.

»Ach was«, schluchzte Madame Amable. »Was kann denn hier schon passieren? Hier ist es so friedlich. Isabelle ist hier aufgewachsen, schon als Kind ist sie durch die Wälder gestreift ...«

»Hat sie sich denn nicht vor der Bestie von Gévaudan gefürchtet?« fragte er sensationslüstern.

»Was für eine Bestie?« Verängstigt sperrte sie ihre tränennassen Augen auf.

»Die Bestie von Gévaudan, die nicht weit von hier zwischen 1764 und 1767 die Hochebene von Gévaudan terrorisiert hat. Über hundert Menschen wurden grausam verstümmelt wiedergefunden. Man war sich allgemein darüber einig, daß dies nur das Werk eines Werwolfs gewesen sein konnte.«

»Monsieur«, mischte sich Isabelles Vater ein, »das war vor über zweihundert Jahren. Würden Sie bitte so freundlich sein, Ihre Schauermärchen für sich zu behalten? Meine Frau hat schon genug durchgemacht.«

Gaspard Peyrol, einem aufgedunsenen Bauern mit blutwurstfarbenem Gesicht, fiel die zweifelhafte Ehre zu, Isabelle zum letztenmal gesehen zu haben. Sie war in einem geblümten Kleid auf hochhackigen roten Sandalen mit schmalen Riemchen an seinem Haus vorbeigekommen. Wie kann man nur auf die Idee kommen, mit solchem Schuhwerk in den Bergen herumzuklettern, habe er sich gefragt. Ansonsten habe er sie nicht weiter beachtet. »Ich war gerade dabei, die Käselaibe zu wenden«, sagte er.

Auch Jeanne Bitor wurde vernommen. Sie wohnte mit ihren beiden Pitbull-Terriern etwa einen Kilometer bergaufwärts von Peyrol in einem uralten Bauernhaus aus grauem Trachyt, mit einem Dach aus Lavaziegeln und Brennholzstapeln unter dem schräg absackenden, vermoderten Balkon. Sie wisse überhaupt nichts, sagte sie störrisch, sie habe etwas Besseres zu tun als den ganzen Tag vorm Fenster zu stehen. Womit sie denn so beschäftigt sei? Nun, sie arbeite bis Mitternacht in der Dorfgaststätte, und tagsüber male sie, eine doppelte Aufgabe also. Man ließ sie schnell wieder laufen, so entmutigend und unangenehm war es, mit ihr zu sprechen und sie anzusehen. Obwohl die Frauen der Auvergne fast alle eine natürliche, blühende Schönheit besitzen, war diese Zeugin von so seltener Häßlichkeit, daß sie zu Recht als soundsovieltes Naturwunder gelten konnte in dieser an Naturwundern so reichen Gegend. Sie war groß, mager und knochig. Wahrscheinlich hatte sie sich schon in der Pubertät angewöhnt, den Rücken zu krümmen, teils, um ihre Körpergröße zu kaschieren, teils, um ihre flache Brust zu verbergen. Über diesem gekrümmten Rücken streckte sich der Kopf mit der langen scharfen Nase und dem spitzen Kinn anklagend wie ein erhobener Zeigefinger nach vorn – dazwischen verschwand der eingefallene Mund mit dem morschen Gebiß im Nichts. Ein üppiger Haarschopf hätte das Ganze vielleicht weniger auffällig machen können, aber sie hatte es seit ihrer Geburt nicht weiter als bis zu dem spärlichen, farblosen Säuglingsflaum gebracht, den sie mit einem Gummiband auf dem Hinterkopf zusammenhielt. Ihre kleinen, halb zugekniffenen Augen, die durch dicke Brillengläser mißtrauisch auf die Polizeibeamten gerichtet waren, verursachten bei den diensthabenden Herren großes Unbehagen. Sie ließen sie also laufen und stießen einen Seufzer der Erleichterung aus, als die Tür mit männlichem Schlag hinter ihr zufiel. Der Geistreichste unter ihnen bemerkte, daß sie ihrem Namen wirklich Ehre mache: Bitor sei schließlich eine Verballhornung von Butor, was Reiher bedeute.

Alles in allem hatte die Suchaktion nicht mehr erbracht als die idyllische Vorstellung von Isabelle, wie sie auf Bleistiftabsätzen in den Bergen herumkletterte.

Die Medien kompensierten den Mangel an Fakten, die neues Licht auf die Sache hätten werfen können, auf ihre Art und Weise: Isabelle habe sich in einem depressiven Zustand befunden – ihr seien keine interessanten Rollen mehr angeboten worden, skandalöse Affären mit einflußreichen Männern hätten sie zermürbt, ihr Stiefvater hätte sie als Kind vergewaltigt, ihr Liebhaber sie wegen einer ordinären Theaterschauspielerin verlassen, tief in ihrem Herzen wünschte sie sich ein Kind, aber ihre Karriere habe es nicht zugelassen ...

Weil aber in der Welt tagtäglich, ja stündlich, unzählige sensationelle Ereignisse stattfinden, ließ das Interesse der Reporter schließlich nach.

Und selbst der Polizeikommissar, der in aussichtslos erscheinenden Situationen wie Joseph Charles Alexandre, Schloßherr des nahegelegenen Schlosses Anterroche aus dem fünfzehnten Jahrhundert, wiederholt heldenhaft herumposaunte: *Impossible n'est pas Français,* auch er gab auf. In Frankreich verschwänden jedes Jahr Tausende von Personen, sagte er. Es sei unmöglich, die Spuren all dieser Leute zu verfolgen, um so mehr, da man alle Hände voll mit denen zu tun habe, die statt zu verschwinden ihrer Umwelt eher lästig fielen.

Nur Bernard Buffon, der Dorfschullehrer, fand sich nicht damit ab. Er hatte sich mit Leib und Seele an der Suchaktion beteiligt und war noch immer zutiefst niedergeschlagen über das unbegreifliche Verschwinden.

2

Nach der Vorladung beim Polizeikommissar beeilte sich Jeanne Bitor nach Hause zu kommen. Bei jedem ihrer wütenden Schritte sprangen Steinchen hoch, um hinter ihr prasselnd zurückzufallen. Dieses unsinnige Geschwätz hatte sie den ganzen Vormittag gekostet, unverzichtbare Stunden des erst vor kurzem in Gang gekommenen künstlerischen Prozesses, der sie völlig in Anspruch nahm. Nun mußte die für heute vorgesehene Arbeit in das Korsett eines Nachmittags gezwängt werden.

Als sie sich ihrem Haus näherte, milderte das aufgeregte Gebell der Hunde ihren Ärger. Sie ging zur Rückseite und öffnete den Zwinger. Ungestüm sprangen die Hunde an ihr hoch, leckten ihr die kalten, knochigen Hände warm und drückten die Schnauzen liebevoll an ihren Schoß.

»Ruhig, ruhig, meine Lieben«, sagte Jeanne.

Sie stürmten vor ihr her in die Küche, in der es faulig nach den Innereien roch, die den ganzen Vormittag auf dem Feuer köchelten. Die Hunde rannten begeistert zu ihren Näpfen, weil sie wußten, daß sich darin in absehbarer Zeit jene graubraunen Brocken befinden würden, die diesen herrlichen Duft verbreiteten.

Jeanne nahm den Topf vom Feuer, goß das kochende Wasser ab, ließ kaltes darüberlaufen und schnitt die Innereien mit einem großen Messer in Stücke, die sie in die Freßnäpfe gleiten ließ. Während die Hunde ihr Futter mit wohligem Schmatzen verschlangen, schnitt sie sich auf dem Küchentisch eine Scheibe Graubrot ab, belegte sie mit Schinken, füllte eine Schale mit Milch und aß im Stehen.

Grübelnd stierte sie auf den Plomb du Cantal, der in der Ferne hinter einem bewaldeten Tal aufragte, durch das sich ein glitzernder Bach schlängelte. Dort lag, an unzugänglichen Felsen, das Städtchen Murat. Einst hatte auf diesen Felsen die unbezwingliche Burg der Grafen von Bonnevie gestanden – wie einer alten Handschrift zu entnehmen war, die man im Provinzmuseum einsehen konnte, ragten drei spitze Türme in den Himmel, die »Le rat blanc«, »Le rat gris« und »Le rat noir« genannt wurden. Von diesen Grafen, die von den Bewohnern der Gegend voller Furcht und Respekt *Les Barons de la Montagne* genannt wurden, stammten Jeanne und ihre Brüder angeblich in der weiblichen Linie ab. Das war ihrem Vater einmal halb im Scherz, halb im Ernst herausgerutscht.

Bei dem Gedanken an ihren Vater verschluckte sie sich. Sie nahm die Schale Milch und trank sie in einem Zug aus. Mit den Fingern auf die Tischplatte trommelnd aß sie weiter.

Ihr Vater stammte aus einer Familie von Bauern, Altwarenhändlern und Sammlern von Enzianwurzeln für die Zubereitung eines von alters her berühmten Aperitifs. Ob er diese Geschichte von der adligen Abstammung deshalb so halbherzig mitgeteilt hatte, weil er darüber enttäuscht war, daß es seine Familie nie zu etwas gebracht hatte, oder ob es sich darauf zurückführen ließ, daß er dessenungeachtet von diesem Privileg beeindruckt war, auch wenn es nur seiner Frau und den Kindern zufiel – Jeanne würde es nie erfahren, denn ihr Vater lebte nicht mehr. Daß des Vaters scherzhafte Bemerkung auch dem Unglauben entsprungen sein, ja, daß er vielleicht schon die Idee lächerlich gefunden haben könnte, kam ihr nicht in den Sinn. Die Vorstellung, von einem gefürchteten, hochberühmten Geschlecht abzustammen, und sei es auch nur über eine schwache Mutter, die an der Schwindsucht starb, als Jeanne vier Jahre alt war, verankerte sich sofort in ihrer Phantasie und verschaffte ihr genau den Rückhalt, den sie bis dahin entbehrt hatte.

Von Anfang an war ihr klar gewesen, daß die drei Türme sie und ihre beiden älteren Brüder repräsentierten: trotz ihrer Häßlichkeit – das lag in der Familie – hoch erhaben über Täler und Hügel und über das Gesindel, das sich dazwischen tummelte. Erst Jahre später, als ihre Brüder das Haus längst verlassen hatten und nur selten etwas von sich hören ließen, hatte sie die Beinamen mit einer Bedeutung versehen.

Mit dem Brot in der Hand ging sie um den Tisch herum zum Fenster. Zu dieser Tageszeit hing die Hitze flimmernd über der Erde, ein die Sinne täuschender Tremor war in der Luft, der eine betäubende Wirkung auf den ausüben konnte, der zu lange hinsah.

»Le rat blanc«, das war ihr unverheirateter, ältester Bruder. Weiß war die Farbe der Reinheit und Lauterkeit und paßte deshalb genau zu der maßlosen Gutmütigkeit, die durch seine Häßlichkeit hindurchschimmerte und seinen Zügen etwas Einnehmendes verlieh. Er war Landarzt in einem Kohlenrevier im Norden und setzte sich für das Leben ein: Er würde es bis zu seinem letzten Atemzug verteidigen, verlängern, retten.

»Le rat gris« war ihr anderer Bruder. Das Grau, die Mischung von Schwarz und Weiß, bezog sich nicht nur auf die unendliche Eintönigkeit und Bravheit seines Charakters, sondern auch auf das, was er beim Ausüben seines Berufes für die Menschen bedeutete: Als Pastor in einem Pariser Vorort begleitete er sie sowohl bei der Geburt wie auch beim Sterben.

Daß sie selbst »Le rat noir« war, daran bestand kein Zweifel. Seit ihre Mutter, in Blut und Schleim erstickt, sie allein in einem Männerhaushalt zurückgelassen hatte, war sie von allem erfüllt, was mit Verfall, Vergänglichkeit und Tod zu tun hatte. Im Herbst, wenn alles abstarb, blühte sie auf. Wenn sie den Geruch von verfaulenden Blättern, verschimmelten Baumstümpfen und Pilzen einatmete, strömten die Lebenssäfte schneller durch ihren Körper. In ihrer Malerei widmete sie sich mehr und mehr dem Verewigen der Vergänglichkeit – auf den ersten Blick eine contradictio in terminis, in Ölfarbe jedoch eine sehr gut zu verwirklichende Ambition. Sie hatte entdeckt, daß sich die Vergänglichkeit am besten in mehreren Phasen darstellen ließ. So malte sie in einem raffinierten, detailreichen Stil mehrere Bilder eines toten Hasen, den sie in einer Falle im Wald gefunden hatte. Auf dem ersten Bild lag das Tier auf einem lilafarbenen Samttuch, die runden Augen gebrochen, das Mäulchen halb geöffnet; die Schnurrhaare, die langen Ohren und das flauschige Schwänzchen aber standen noch aufrecht, das Fell besaß noch einen lebendigen Glanz. Auf dem nächsten Gemälde hatten sich die Maden seiner angenommen; sie wimmelten im stumpfen Fell, in den Augen und Ohren. Eine dunkle Flüssigkeit sickerte in den Samt. Die Ohren lagen geknickt neben dem Kopf. Das Schwänzchen war verschwunden. Das letzte Bild zeigte das abgenagte Skelett, ein prächtiges Linienspiel von Wirbeln und Knochen, das sich scharf gegen den dunklen Samt abhob. Auf die gleiche Manier verewigte sie Mäuse, Ratten, Insekten, Vögel, Kaninchen, Fische, Hühner, ja sogar ein früh gestorbenes Lämmchen; von manchen Tieren gab es sechs, sieben Darstellungen in den verschiedenen Phasen ihres Todesschlafs. Im Lauf der Zeit betrachtete sie sich als Expertin der Verwesung.

Sie wischte sich mit dem Handrücken die Brotkrümel von den Lippen. Mit der mechanischen Kaubewegung hörten auch ihre Tagträume auf. Sie ging zum Herd und wärmte einen Sud aus Linsen in einem Emailtopf auf. Als er kochte, schüttete sie die dampfende Brühe in die Schale, aus der sie die Milch getrunken hatte, und rief die Hunde, die sich gesättigt die Schnauzen leckten. Im Vorbeigehen nahm sie einen Schlüsselbund von dem Nagel neben der Tür. Dann ging sie durch den Flur. Das Geräusch ihrer Schritte auf den Fliesen hallte dumpf zwischen den rohen, unverputzten Steinwänden. Sie bückte sich und steckte den rostigen Schlüssel in die Kellertür.

»Kommt, ihr Lieben«, sagte Jeanne und stieß die Kellertür auf.

Nun folgte das schnelle Trippeln der Hundepfoten, die die Kellertreppe hinunterrannten. Mit Mühe konnte sie die Suppenschale gerade halten.

»Le déjeuner!« rief sie. Die Ankündigung durchdrang schrill und wie ein Befehl den großen, halbdunklen Raum, in den nur von oben durch ein kleines Gitter etwas Tageslicht einfiel.

Auf einem improvisierten Bett aus Strohballen lag eine blonde Frau in einem schmutzigen, geblümten

Kleid. Sie lag auf dem Rücken und starrte geistesabwesend zur Decke, ohne auf das Erscheinen von Jeanne und den Hunden zu reagieren.

3

Bernard Buffon war nun schon eine Stunde im La Truite Dorée und lehnte niedergeschlagen am Tresen. Unter den beliebten Gesprächsthemen in der Kneipe – Wetter, Politik, Autos, Landwirtschaftssubventionen – war zu dieser Zeit des Jahres die Tour de France das Thema Nummer eins. Alain Puysson, ein Rennfahrer aus der Region, hatte glänzende Aussichten; seine Karrierechancen wurden unterschiedlich beurteilt. Bernard mußte sich Gewalt antun, um seine Abneigung gegen den Sport zu verbergen. Seiner Auffassung nach diente der Sport dazu, die geistige Leere zu vertuschen und zu kompensieren und die angeborene männliche Aggression abzureagieren, die sonst in Krieg ausarten würde. Er haßte das Männlichkeitsgehabe, den Patriotismus, die Heldenverehrung, die Spekulationen, die falsche Verbrüderung, die mit dem Sport einhergingen. Wenn man all diese Energie einmal zum Nutzen der Kunst und der Wissenschaft einsetzte, wie anders sähe die Welt dann aus.

Durch die ganze Aufregung im Zusammenhang mit der Tour bekam die Mission, die ihn wider seine Natur nun schon tagelang allabendlich in die Kneipe führte, wenig Chancen. Er ging hin, um die Ohren zu spitzen, wenn sich das Gespräch um die gewöhnlichen, alltäglichen Dinge drehte; er wartete geduldig auf einen Versprecher, eine Anspielung, das ungewollte Bekenntnis eines Trunkenboldes, das seine in aller Stille entwickelte Theorie über Isabelles Verschwinden bestätigen könnte.

Die Männer des Dorfes hatten schlichte, beinahe primitive Ansichten. Wie ihre Vorfahren lebten sie vor allem von der Viehzucht und Käseherstellung. Einige wenige arbeiteten bei den Michelin-Werken in Clermont-Ferrand. Vor der Französischen Revolution hatte ein gewisser Legrand d'Aussy den Bewohner der Auvergne so beschrieben: »Er ist nicht sehr begeisterungsfähig. Er ist kalt und ernst. Um ihn aus dem Zustand der Apathie herauszuholen, muß etwas geschehen, was ihn tief berührt.«

Was könnte passieren, wenn das Gemüt eines solchen Menschen in Wallung geriete, weil ihm die außergewöhnliche Erscheinung Isabelle Amables begegnete, mitten in der Natur, die manchmal etwas von der Bestie im Menschen freisetzt? Sexuell kurzgehalten von seiner Frau, der Kirche, der sozialen Kontrolle des Dorfes, könnte er nur in Verwirrung geraten. Die zierlichen Schuhe, die schwingenden Hüften, die bei jedem Schritt das Gewissen in Schlaf wiegten, das blonde, in der Sonne aufleuchtende Haar. Das Blut, das durch seine Adern raste, müßte ihn in einen sexuellen Rausch versetzen, der an Geistesverwirrung grenzte.

Bernard, der stille Verehrer Isabelles, konnte sich das lebhaft vorstellen. Es war ihm auch bewußt, daß dieser Dörfler, nachdem er sich von der einzigartigen, alles beherrschenden Emotion hatte mitreißen lassen, einer anderen zum Opfer fallen würde: der Angst.

Vielleicht lag Isabelles Körper irgendwo in einem Heuschober, einem Obstgarten, einem Brunnen.

Nachdem sich die Aufregung über die Tour gelegt hatte, unternahm Buffon einen verzweifelten Versuch.

»Die arme Isabelle«, sagte er zu Gaspard Peyrol, »sie wird nie erfahren, wer die Tour gewinnt.«

»Die?« Peyrol kniff seine Schweinsäuglein zu schmalen Schlitzen zusammen. »Die hat sich doch nur für sich selbst interessiert.«

»Wie kommst du denn darauf, Gaspard?«

Peyrol lächelte verschmitzt. Er bestellte zwei Cognac, die Jeanne Bitor geräuschlos vor sie hinstellte. Ihr unergründliches, wie aus Stein gehauenes Gesicht ließ Bernard an die prähistorischen Köpfe auf den Osterinseln denken, die noch immer ein ungelöstes Mysterium sind. Peyrol nahm einen Schluck Cognac und schloß hingebungsvoll die Augen.

»Ich weiß, was sie dort oben gemacht hat«, sagte er leise. »Ich bin ihr ein paarmal gefolgt.«

»Du bist ihr gefolgt?« Eine plötzlich aufkommende Spannung schnürte ihm die Kehle zu.

»Jawohl.« Peyrols Haut glänzte, als hätte er sie mit Bohnerwachs eingerieben. Er nahm noch einen Schluck und kam mit seinem dicken Kopf ganz nah an Bernard. »Ich bin hinter ihr hergegangen. Sie konnte mich nicht sehen, aber ich sie. Sie ist durch den Wald bis zur Brücke gegangen. Da ging sie vom Weg ab, hat die Schuhe ausgezogen und ist über die Felsen am Bach entlanggeklettert. Ungefähr zweihundert Meter hinter der Brücke, dort beim Wasserfall, wird der Bach breiter. Kennst du die Stelle?«

Bernard schüttelte den Kopf.

»Ein kleines, rundes Becken. Da kann man schwimmen. Dorthin verirrt sich nie jemand.«

Peyrol stierte grübelnd in sein Glas, als sähe er Isabelle darin herumschwimmen.

»Und ...«, drängte Bernard.

»Dann hat sie alles ausgezogen, Bernard«, flüsterte Peyrol. »Alles. Sie ist pudelnackt ins Wasser gesprungen. Das Wasser ist kalt, mein Lieber, eiskalt. Aber sie schwamm in aller Ruhe ein paar Runden, auf dem Bauch, auf dem Rücken. Nur der Kopf und die Brüste ragten aus dem Wasser, herrlich. Und ich hockte die ganze Zeit hinter einem Strauch! Gaspard, habe ich mir gesagt, du brauchst nicht ins Kino zu gehen, hier kriegst du den Film umsonst.«

Bernard nickte verwirrt. Er hatte das Gefühl, als ob ein schrecklich großer Fisch an seiner Angel zappelte, der ihn jeden Moment ins Wasser ziehen könnte.

»Wenn sie genug hatte, ist sie ans Ufer geklettert und hat sich auf einem Felsen von der Sonne trocknen lassen. Sie war verdammt braun, vom Scheitel bis zur Sohle. Und dann, nach einer Weile ...« Peyrol stockte. Er guckte Bernard listig von der Seite an, nahm das Glas und trank es in einem Zug aus. Dann legte er mit einer intimen Geste die Hand auf Bernards Schulter und kam mit seinem großen, sinnlichen Mund nah an Bernards Ohr. »Dann hat sie es mit sich selbst gemacht.«

Bernard schluckte. »Du ... du bist mir aber einer, Gaspard«, stotterte er. Er war schockiert. Solche Dinge wollte er über seine Angebetete nicht hören. Die Vorstellung, daß sie am hellichten Tag, vom Gebüsch aus für jeden Dorflümmel sichtbar, freimütig an sich eine Tat vollbrachte, die die ganze männliche Art überflüssig machte, war ihm zuwider. Bleischwerer Verdruß stülpte sich wie eine schwarze Kapuze über ihn. Im Raum hing eine schlechte, stickige Luft, die ihn beklemmte. Er suchte gierig nach einer Brise frischen Sauerstoffs: Wer garantierte ihm, daß Peyrol die

Wahrheit sagte? Hatte dieses Bekenntnis nicht große Ähnlichkeit mit dem Wunschtraum eines alternden, frustrierten Bauern, der nur noch dazu imstande ist, sich vollzufressen?

»Bist du ihr an dem Tag gefolgt, als sie verschwunden ist?« sagte er leise.

Peyrol wich zurück. Die Plauderei unter vier Augen war schlagartig zu Ende. »Nein«, rief er. »Ich hatte soviel zu tun, verdammt noch mal, sonst wäre es vielleicht gar nicht passiert.«

»Was wäre nicht passiert?«

Peyrols Gesicht war aufgedunsen; es sah so aus, als ob in allen Hohlräumen seines Schädels Luft sei. Seine Haut war so straff gespannt, als könnte sie jeden Augenblick platzen. Sieht so ein Mörder aus, dachte Bernard, ein Amateur, der den Gedanken an Mord nicht ertragen kann?

»Ich weiß nicht«, stammelte Peyrol. »Vielleicht hätte ich eingreifen können.«

4

Die Hunde streunten eifrig schnüffelnd durch den Keller, als ob es dort von interessanten Spuren nur so wimmelte. Dabei rochen sie nur die Spuren der beiden Hunde, die sie selbst am Tag zuvor und an den vergangenen Tagen gewesen waren.

Jeanne sog voller Wohlbehagen den modrigen Schimmelgeruch ein. Sie saß breitbeinig auf der Kellertreppe und ließ ihren Kennerblick über Isabelle schweifen, die apathisch die Suppe auslöffelte.

Hatte sich im Vergleich zum Vortag etwas an ihr verändert? Die Augenhöhlen, der Schatten unter den Wangenknochen, die Knochigkeit der Arme und Beine? War die durch das Herauswachsen des blondierten Haares verursachte dunkle Stelle am Kopf größer geworden? Waren die blauen Augen matter? Hatten sich die Hautfältchen tiefer eingegraben? Hatte sich an der Hautstruktur etwas verändert? War sie noch blasser geworden? Schienen mehr blaue Äderchen hindurch? Warum wurde sie nicht schmutzig? Jeanne vermutete, daß sich Isabelle mit ihrer eigenen Spucke wusch.

Während sie Isabelle betrachtete, wurde sie von Ungeduld erfaßt. Es kribbelte ihr in den Händen, ein Schauder fuhr ihr über den Rücken, eine große Unruhe ergriff von ihr Besitz.

»An die Arbeit!« rief sie, als Isabelle die Schale für den letzten Schluck zum Mund führte. Sie stand auf und schlug sich mit den Händen auf die Schenkel.

»Jules, Jim!« Die Hunde hörten sofort mit dem Scharren auf.

»Schönheit, komm, der Tag ist halb vergangen!«

Isabelle erhob sich mühsam. Sie schwankte und kniff gequält die Augen zu. Aber die Hunde stießen sie mit den Schnauzen gegen die Waden und gaben ihr so zu verstehen, daß sie sich beeilen müsse. Jeanne nahm ihr die Schale ab und hetzte sie vor sich her die Treppe hinauf. Im Gang waren nur Jeannes Schritte und die der Hunde zu hören. Isabelles nackte Füße machten kein einziges Geräusch, als ob sie schon ins Geisterreich gehörte. Jeanne öffnete eine massive Eichentür, die in ein großes Zimmer mit Fenstern nach Norden führte. Die kahlen, weißgetünchten Wände wurden nur durch einen monumentalen Kamin aus schwarzem Lavastein unterbrochen. Den Raum dominierte eine Staffelei mit einer großen Leinwand, die von Tischen mit Farbtöpfen und Pinseln umgeben war. Auf einem Podest stand ein antikes Kanapee, das Jeanne angeschafft hatte, weil es so aussah wie das auf dem bekannten Bild von Madame Récamier, Chateaubriands berühmter Maitresse, das Jacques-Louis David im Jahr 1800 gemalt hatte. Mit dem einen Unterschied: Hatte das darauf dargestellte Möbelstück einen bronzefarbenen Bezug, so war ihr Ruhesofa mit Samt überzogen, der die dunkelviolette, in der Mitte des Blütenkelches fast ins Schwarze übergehende Farbe von Stiefmütterchen hatte.

Sie gingen rasch zur täglichen Routine über. Während Jeanne Vorbereitungen fürs Malen traf, streckte sich Isabelle auf dem Kanapee in einer halb sitzenden, halb liegenden Haltung aus, wie Jeanne es von ihr verlangte. In der gleichen Haltung saß/lag auch Madame

Récamier, die ein schlichtes weißes Kleid trug, dessen Saum anmutig den Boden berührte. Isabelle hingegen mußte sich ausziehen und wurde von zwei Wächtern aus Fleisch und Blut bewacht, die sich, scheinbar schlummernd, zu beiden Seiten des Kanapees postierten. Obwohl sie auf dem Bild nicht in Erscheinung traten, waren sie doch in hohem Maße anwesend.

Jeannes Art zu malen war alles andere als entspannt. Mit zusammengepreßten Lippen stand sie hinter der Staffelei. Ihre fiebrig glänzenden Augen schweiften von der Leinwand zum Original und wieder zurück. Das Problem der Wirbelsäule und der Rippen nahm sie völlig in Anspruch. Auf der Haut, die nur noch ein Abglanz der früher so glatten, makellosen Vollkommenheit war, traten die Rippen und die Wirbelsäule von Tag zu Tag stärker hervor. Einmal zählte sie siebzehn, beim nächstenmal achtzehn Höcker. Dieser diffuse Übergang von der Makellosigkeit zum Verfall – darum ging es ihr – stellte sie vor ungeahnte technische Probleme. Zugleich hielt sie das Bewußtsein, daß durch die einst von Millionen Menschen angebetete Hülle das Skelett schimmerte, in einem Zustand ständiger Aufregung. Der Tod nahm schleichend seinen Einzug, so wie der Tag unmerklich in die Nacht übergeht. Dies ging mit kaum wahrnehmbaren Schatten auf der Haut einher, denen sich Jeanne mit einer gewagten Mischung der Farben blau, violett, rosa und grau zu nähern suchte.

Im Vergleich dazu war anfangs alles ganz einfach gewesen. Sie hatte ein Bild von Isabelle gemalt, das ihre noch nicht verwelkte Schönheit in unerträglicher Blüte zeigte. Da lag der Körper, an dem sich in warmen, dunklen Kinosälen das Publikum Abend für

Abend nicht sattsehen konnte. Da lag sie, Fee und Vamp, Mädchen und Frau, Nymphe und Hure. Die trügerische, platinblonde, blauäugige Anmut – eine Orchidee, die ihr Opfer mit berauschendem Duft und paradiesischer Schönheit anlockte und danach die Blütenblätter wie eine Rattenfalle zuklappte, so daß es drinnen im klebrigen Honigsee ein jämmerliches Ende fand. Sie war die fleischgewordene Verführung, sie war all das, was Jeanne nicht war, sie war der Gipfel der Ungerechtigkeit: Isabelles außergewöhnliche Schönheit war nicht ihr eigenes Verdienst, sie war schlichtweg so geboren worden. Bewunderer, Verehrer, Liebhaber... Zärtlichkeit, Leidenschaft... alles fiel ihr in den Schoß, aus dem einfachen, stupiden Grund, daß sie schön war.

In den ersten Wochen arbeitete Jeanne in Euphorie und atemloser Hast als Folge eines nicht nachlassenden Siegesrausches: Alles war genau nach Wunsch verlaufen.

Mit keiner anderen Waffe als ihren Hunden war sie Isabelle in einigem Abstand gefolgt. Die Hitze hatte alles verstummen lassen. Sogar die Grillen schwiegen. Die Bäume waren reglos, als würde jede Bewegung sie anstrengen. Isabelle aber kletterte munter und elegant den Berg hinauf, wie im Film (wo die Heldinnen ohne die geringste Schramme und mit tadelloser Frisur die größten Strapazen überwinden).

Im grellen Kontrast zur Mittagshitze herrschte in Jeannes Kopf und Herz eine außergewöhnliche Kühle, eine geradezu olympische Gleichgültigkeit. Eine automatische Reaktion auf das tagelang anhaltende prikkelnde Gefühl der Verwegenheit, das den Entwurf ihres Plans begleitete. Zum Schluß war sie davon so gefesselt, daß die praktische Ausführung fast überflüssig schien. Der Traum selbst gab ihr schon Befriedigung. Aber sie rief sich wieder zur Ordnung: Es wäre typisch Frau, sich mit Träumen zufriedenzugeben.

Nach all den Tagen der sich selbst befruchtenden Begeisterung stellte sich die Verwirklichung des Plans als eine nüchterne, kaltblütige Angelegenheit heraus. Ihre Armee bestand nur aus ihr, sie führte die Instruktionen aus. Wessen Instruktionen? Die der Natur und ihres ehernen Gesetzes, daß sie alles, was sie an Schönheit hervorbringt, auch wieder zunichte macht.

Dennoch wurde sie, als sie Isabelle heimlich folgte, flüchtig von dem unangenehmen Gedanken gequält, daß nun auch sie als soundsovielte Besessene der Schönheit hinterherlief. Aber sie erstickte diese Idee sofort im Keim: In Wirklichkeit trieb sie die nichtsahnende, naive Isabelle vor sich her, geradewegs in eine Falle.

Nachdem Isabelle an der Brücke nach links abgebogen war, wartete Jeanne noch geraume Zeit. Von der Brücke aus starrte sie auf den Bach, der zwischen den Steinen plätscherte, und war über ihre eigene Ruhe erstaunt. Beherrscht machte sie sich an die Klettertour über die Felsen und zischte durch die Zähne, um die Hunde bei sich zu halten.

Isabelle ließ sich auf dem Rücken im spiegelglatten Wasser der kleinen Lagune treiben, über die sich krummgewachsene Akazien wie schützende Sonnenschirme neigten. Sie summte ein Liedchen. Dieses Schauspiel war für Jeanne nicht neu. Ein paarmal hatte sie es, während sie sich die Lippen blutig biß, aus ihrem Versteck hinter einem Felsen beobachtet. Einmal bemerkte sie mit Entsetzen, daß sie nicht die einzige war. Ihr Nachbar, Monsieur Peyrol, hatte sich hinter einem Gebüsch versteckt. Mit hochgekrempelten Hemdsärmeln – so daß eine nicht identifizierbare Tätowierung auf seinem purpurroten Arm sichtbar wurde – und herunterhängenden Hosenträgern onanierte er voller Hingabe. Während sie den Hunden ins Nackenfell griff, um zu verhindern, daß sie sich auf den alternden Dionysos stürzten, hatte sie mit einer Mischung aus Neugier, Ekel und Verachtung das Ende dieser Tätigkeit abgewartet.

Vorsichtig erkundete Jeanne, ob sich Peyrol auch diesmal irgendwo versteckte. Danach ging sie bedächtig zum Wasser hinunter, dem blauen irisierenden Auge in der Tiefe, um sich mit ihren Adjutanten schweigend auf einem flachen Felsen zu postieren, der sich zwei Meter über dem Wasserspiegel erhob.

Isabelle hörte auf zu singen. Das Lied »Oh Capri, c'est fini ...« erstarb langsam, ging im Rauschen des Baches unter. Mit einer Hand vor den Augen, weil sie in die Sonne gucken mußte, blickte sie überrascht und verärgert auf die Störenfriede ihres intimen Rituals. Sie lachte nervös und rief in vorgetäuschter Ungezwungenheit: »Bonjour.«

Jeanne erwiderte den Gruß nicht. Sie schnippte fast unhörbar mit den Fingern, und die Hunde sprangen einträchtig in die Tiefe. Schnaubend und prustend glitten die Monster durch das Wasser.

»Wirst du wohl die Hunde zurückrufen?« rief Isabelle.

Jeanne lachte vom Felsen aus. Ihre Gleichgültigkeit war verschwunden. Sie genoß die Szene: die zwei dummen, aber lebensgefährlichen Hunde und dazwischen die verwundbare Nacktheit der in die Enge getriebenen Schönheit. Es gab nur eine Stelle, wo man vom Wasser aus ans Ufer klettern konnte. Isabelle sah die Möglichkeit, sich schnell aus dem Staub zu machen, durch die beiden Hunde vereitelt, die immer noch hin und her schwammen.

»He!« wiederholte Isabelle mit sich überschlagender Stimme. »Ruf die Biester zurück!«

»Nur wenn du tust, was ich sage«, erwiderte Jeanne.

»Ja, ja!« rief Isabelle, die Arme vor der Brust verschränkt.

»Jules, Jim!« Mehr als Machtdemonstration als aus Notwendigkeit pfiff Jeanne durch die Finger. Die Hunde blickten mit erhobenen Köpfen in ihre Richtung, schwammen ans Ufer, krabbelten aus dem Wasser und schüttelten sich – zwei Fontänen, in denen alle Farben des Regenbogens funkelten. Jeanne rief sie zu sich, und sie schauten zu dritt vom Plateau aus zu, wie Isabelle zitternd aus dem Wasser kletterte und sich hastig das geblümte Kleid über den nackten Körper streifte. Sie stieg in ein winziges Höschen, nahm ihre Schuhe und warf Jeanne und ihren Gefährten einen vernichtenden Blick zu. Dann suchte sie sich mit schnellen, forschenden Blicken den besten Fluchtweg aus und zog sich, die rotlackierten Nägel wie eine Katze in einen Felsblock krallend, krampfhaft hoch.

»He!« rief Jeanne. »Komm zurück, du bist uns noch nicht los!«

Aber Isabelle setzte den Versuch, sich so schnell wie möglich aus dem Staub zu machen, unbeirrt fort.

»Los!« zischte Jeanne. Die Hunde sprangen vom Plateau herunter und rannten mit lautem Gebell hinter

Isabelle her. Vor Schreck ließ sie einen Schuh fallen. Jeanne sah, wie er gegen einen Stein prallte und sanft auf einem kleinen Dreieck aus kieselweißem Sand landete. Ein Augenblick der Stille inmitten der Bewegung. Da lag, ein Ruhepunkt in der Zeit, der absurde Gegenstand, ein bizarrer, roter Gebrauchsartikel, merkwürdigerweise zum Laufen bestimmt. Jeanne hatte noch nie in ihrem Leben so etwas an ihren großen Füßen getragen. Auf solchen Absätzen würde sie wie ein Transvestit aussehen.

»Ruf die Scheißhunde zurück!« schrie Isabelle.

Zusammengekauert hockte sie auf einem hohen, spitzen Felsen, an dem die Hunde knurrend hochsprangen.

»Jetzt hör mir mal endlich zu!«

Wieder pfiff Jeanne die Hunde zurück. Gefügig glitt Isabelle vom Stein herunter. Mit gerunzelten Augenbrauen schaute sie zu dem Dreigespann hoch, schien zu überlegen, fischte den Schuh aus dem Sand und ging langsam auf Jeanne zu. Kurz vor ihr blieb sie stehen und blickte ängstlich auf die beiden Hunde.

»Was willst du von mir?« sagte sie.

Jeanne, fassungslos, weil Isabelle nun in ihrer ganzen Schönheit dicht vor ihr stand, war für einen Moment sprachlos. Sie fühlte sich plötzlich unscheinbarer und machtloser als je zuvor. Ihre miserable Lebensgeschichte raste wie ein Zug an ihr vorüber, der von ihrer Häßlichkeit angetrieben wurde. Alle Beleidigungen, Erniedrigungen, Quälereien, die Geringschätzung, Gleichgültigkeit und Lieblosigkeit, die ihr im Leben widerfahren waren, drängten sich ihr gleichzeitig auf. Und obwohl sie von ihrem Plateau aus auf Isabelle herabblickte, thronte das Mädchen in Wirklichkeit in einem wolkenlosen Himmel inmitten einer Schar engelsgleicher Schönheiten hoch über ihr, während sie im Tal der Benachteiligten gefangen war, deren Klagelieder an den Bergwänden widerhallten und in denselben Himmel aufstiegen, aber nicht gehört wurden.

»Das wirst du noch sehen«, sagte sie unwirsch.

Schweigend kletterten sie stromaufwärts am Bach entlang bis zur Brücke. Danach gingen sie den Weg hinunter, ohne jemandem zu begegnen – niemand dachte auch nur im Traum daran, zu dieser heißen Mittagsstunde eine Bergwanderung zu machen. Isabelle gab sich gelassen, obwohl sie zwischendurch heimliche, neugierige Blicke auf Jeanne warf. Als sie bei ihrem Haus halt machten, sagte sie verwundert: »Wohnst du hier?«

Jeanne nickte. Ein angenehmes Prickeln im Nacken kündigte den Beginn des Siegesrausches an: Das schwierigste Hindernis war überwunden. Sie gingen zur Rückseite des Hauses und betraten es durch die Küche. Jeanne ging durch den Flur voraus und rasselte wie eine übellaunige Hauswartsfrau mit dem Schlüsselbund. Isabelles Absätze tickten frivol auf den Fliesen.

»Da sind wir.« Jeanne stieß die Tür des Ateliers auf. Widerwillig betrat Isabelle das hohe Zimmer. Sie sah sich mit hochgezogenen Augenbrauen um – die jungfräulich weiße Leinwand auf der Staffelei, das Kanapee auf dem Podest, die vollen, noch unberührten Farbtuben, die sauberen Pinsel.

»Du malst«, ihre Stimme klang zweifelnd, »obwohl ...« Wieder ließ sie ihre Blicke durch den Raum schweifen. »Ich sehe keine Bilder.«

»Die hängen in einem anderen Zimmer.«

Die Hunde streckten sich müde auf den schwarzweißen Fliesen aus. Der eine gähnte herzhaft, dann sackten seine Augenlider träge nach unten.

»Was willst du eigentlich von mir?« fragte Isabelle und sah Jeanne direkt in die Augen.

Wieder geriet Jeanne in Gefahr, von lästigen Gefühlen, jenen Spielverderbern für den, der einen klaren Kopf behalten möchte, überwältigt zu werden. Die hellen, blauen Augen, die ohne Furcht auf sie gerichtet waren, strahlten Vertrauen aus, mangelndes Wissen um das Böse auf der Welt. Aber Jeanne brachte das aufkommende verräterische Mitleid schnell zum Schweigen. Mit diesen Augen versucht sie jeden zu betören, wies sie sich zurecht.

»Ich möchte eine Reihe Porträts von dir machen«, sagte sie.

»Aber dafür hättest du mich doch nicht auf diese ... auf diese Art und Weise hierher schleppen müssen ...« Isabelle blickte vielsagend auf die Hunde. »Du hättest mich doch ganz normal fragen können.«

»Dann hättest du es nicht getan.«

»Warum nicht?«

»Weil du mir monatelang Modell sitzen mußt.«

»Monatelang?« Isabelle wich erschrocken zurück und trat einem der Hunde auf die Pfote, der mit bösem Knurren aus dem Halbschlaf hochfuhr. »Das ist völlig unmöglich«, rief sie, während sie auf dem Podest einen sicheren Platz suchte. »In drei Wochen beginnen die Dreharbeiten für einen neuen Film. Ich habe einen Vertrag unterschrieben, ich kann nicht einfach wegbleiben.«

»Genau«, sagte Jeanne. »Darum.«

»Das kannst du nicht tun!«

»Nein?« sagte Jeanne herausfordernd.

»Das ist Zwang!«

»Ja.«

Es trat eine Stille ein, in der sie gegenseitig ihre Kräfte maßen. Sie standen sich direkt gegenüber, Isabelle mit machtlos geöffneten Händen und Entsetzen in den Augen, Jeanne mit spöttisch hochgezogenen Brauen. Sie nahm einen Pinsel vom Tisch und schlug damit einen kriegerischen Trommelwirbel auf die Holzplatte. Drei gegen einen. Das Bewußtsein, in der Übermacht zu sein, verschaffte ihr einen noch nie erlebten Genuß und stieg ihr wie Alkohol zu Kopf.

»Ich habe sie dir noch nicht vorgestellt«, sagte sie übermütig und beugte ihren häßlichen Körper liebevoll über die beiden Hunde. »Jules und Jim.«

Isabelle blieb der Mund offenstehen. Entsetzt legte sie eine Hand an die Wange. »Du hast diese ... diese Biester nach einem wunderschönen ... nach einem klassischen Film benannt!« sagte sie voller Abscheu.

»Das sind keine Biester, sondern Pitbull-Terrier.«

»Jules und Jim«, wiederholte Isabelle kläglich.

»Berüchtigte Kampfhunde«, fuhr Jeanne fort. »Haben sie ihr Opfer erst mal zwischen den Zähnen, lassen sie es erst los, wenn sie es in Stücke gerissen haben.«

»Das sieht man ihnen an«, sagte Isabelle heiser, »an dem ... an dem ... hinterhältigen Augenaufschlag.« Als wollten sie die Wahrheit ihrer Worte unterstreichen, blickten die Hunde hinterhältig zum Podest.

»Es gibt nun einmal nicht nur blonde Prinzessinnen, sondern auch Monster«, sagte Jeanne grinsend.

Am Abscheu und der Angst in Isabelles Blick sah

Jeanne, daß sie von ihr als das größte Monster betrachtet wurde. Das Grinsen gefror ihr auf den Lippen. »Komm«, sagte sie schroff, »ich bring dich zu deinem ... deinem Quartier.«

»Das laß ich mir nicht einfach gefallen«, sagte Isabelle mit zitternder Stimme.

»Du hast keine andere Wahl.« Jeanne drehte sich resolut um und ging zur Tür. Die Hunde erhoben sich gähnend. Mit Nachdruck hielt Jeanne Isabelle die Tür auf. Als diese mit gesenktem Kopf an ihr vorbeiging, glaubte Jeanne den Duft von Sonne, Wasser und Wind wahrzunehmen, natürliche, vitale Gerüche, gegen die sie eine gründliche Abneigung hatte. Gerüche, die sie an ihre Pubertät erinnerten, als sich ihre Altersgenossen im Sommer an den Ufern eines nahegelegenen Sees gegenseitig den Hof machten, während sie sich schon lange nicht mehr im Badeanzug sehen lassen konnte.

Sie gingen durch den Flur zur Kellertür. »So«, sagte Jeanne und steckte den Schlüssel ins Schloß, »da sind wir.« Sie schob Isabelle mit sanfter Gewalt vor sich her.

»Der Keller!« rief Isabelle ungläubig. Sie wollte sofort umkehren, aber der zunehmende Druck von Jeannes Fingerknöcheln zwang sie, die Stufen hinunterzugehen. Als die Hunde an ihren Beinen vorbeistrichen, stieß sie einen Schrei aus.

»Stroh«, sagte Jeanne und zeigte im Halbdunkel unbeeindruckt auf einen Stapel Strohballen.

Isabelle schauderte. Sie verschränkte die Arme und bedeckte ihre nackten Schultern mit den Händen. »Das ... das kann nicht dein Ernst sein ...«, flüsterte sie, »hier ist es kalt und feucht ... Warum darf ich nicht in einem normalen Zimmer schlafen? Das Haus ist doch riesig.«

Jeanne nahm schweigend ein paar Strohballen vom Stapel und schob sie nebeneinander.

»Bitte ...«, Isabelle ergriff sie an beiden Armen, »laß mich hier nicht zurück!«

Jeanne zitterte. Wie lang war es her, daß sie das letzte Mal berührt worden war? Das Despotische an dem krampfhaften Griff störte sie. An Isabelles Widerspenstigkeit zeigte sich, mit wieviel Respekt sie bisher behandelt worden war. Sie war in puncto Grausamkeit und Willkür, mit denen Jeanne im Lauf der Jahre so oft und so unsanft in Berührung gekommen war, noch Jungfrau. Wie privilegiert dieses Mädchen war! Höchste Zeit, daß diesem Mißverhältnis ein Ende bereitet wurde. Endlich Gerechtigkeit!

Sie befreite sich aus der Umklammerung und drehte sich demonstrativ um. »Kommt«, rief sie den Hunden zu, die sich in einer dunklen Ecke des Kellers ihrem Blick entzogen hatten. Entschlossen stieg sie die Treppe hinauf.

»Bitte«, flehte Isabelle mit sich überschlagender Stimme. »Bitte!«

Auf halbem Weg der Treppe drehte sich Jeanne gereizt um. »Wenn du so weiterschreist«, sagte sie, »maure ich den Lüftungsrost zu!«

5

Aus seinem Klassenzimmer starrte Bernard Buffon auf den Schulhof, der verlassen unter den Lindenbäumen lag. Ohne Kinder strahlte der Hof eine düstere Unvollkommenheit aus, die ihn bedrückte. Die gleiche Unvollkommenheit spürte er auch bei sich selbst, seit er ohne die beruhigende Gewißheit leben mußte, daß Isabelle Amable irgendwo auf diesem Planeten existierte und es ihr wohl erging.

Seit seiner Jugend hegte er eine aufrichtige, selbstlose Liebe für sie. Anfangs äußerte sie sich in seinen Tagträumen über spektakuläre Rettungsaktionen, bei denen er, plötzlich von schlanker Statur, auf einem Schimmel herbeipreschte, um sie aus den Klauen eines Drachen oder Raubritters zu befreien. In der Pubertät bekamen die Träume den Charakter erotischer Vorstellungen, die ihn auf Flügeln zu dem Platz hinter der Kirche brachten, wo er stundenlang mit Isabelle Hand in Hand auf einer bemoosten Steinbank zwischen blauen Hortensien saß.

Jahre später, als ihr Ruhm bis ins Dorf gedrungen war, legte er ein Album mit Zeitungsausschnitten an und fuhr für jeden neuen Film, in dem sie mitspielte, ins Kino des nahegelegenen Städtchens, jeden Abend, die ganze Woche, solange der Film lief.

Eigentlich war seine Anbetung Isabelles im Lauf der Jahre unmerklich an die Stelle der Verehrung getreten, die er, bevor es ihm sein Verstand verbot, für Maria – Jungfrau, Mutter, Heilige, aber doch in erster Linie Frau – empfand. Vielleicht stand diese metaphysische

Gefühlsverwirrung im Zusammenhang mit seiner überproportionalen Korpulenz, an der selbst die strengste Diät nichts ändern konnte, weil sie nicht mit Freßgier, sondern mit einer schlecht funktionierenden Schilddrüse zusammenhing. Sein Körper war rund wie der eines Stehaufmännchens. Die rosa Haut, ständig gespannt, glänzte, die Augen waren zwischen schweren Augenlidern und dicken Wangen eingebettet. Auf der kurzen Nase ruhte eine Brille, die mangels eines deutlich ausgebildeten, männlichen Nasenbeines immer herunterrutschte, so daß er sie häufig durch Krausziehen der Nase hochschieben mußte. Zur Abrundung dieses karikaturesken Bildes kündigten sich schon seit seinem zwanzigsten Lebensjahr die ersten Anzeichen einer Glatze an. Aber hinter diesem rundlichen, lächerlich wirkenden Äußeren verbarg sich ein Romantiker, der von allen großen Komponisten Schubert am meisten verehrte, nicht nur wegen seiner das Gefühl tief berührenden Musik, sondern auch, weil Schubert seine mangelnde Attraktivität soviel Unglück in der Liebe beschert hatte. Obwohl er oft an Melancholie und dem Gefühl der Vergeblichkeit litt, war Bernard nach außen eine sanftmütige, einnehmende Person. Seine Schüler trugen ihn auf Händen, die Eltern schätzten ihn, und bei den Dorfbewohnern erfreute er sich hohen Ansehens. Er hatte sich eine bescheidene Theorie zurechtgelegt, die ihn über die Mängel in seinem Leben hinwegtröstete: Irgendwo mußte es eine Gegenwelt geben, in der jede in dieser Welt vergossene Träne sich in ein Lachen verwandelte und in der Bernards Unglück das Glück eines Antipoden zur Folge hatte. So zog er der bekannten Wirklichkeit die Unwirklichkeit der Phantasien und Tagträume vor; die Donquichotterie seiner Suche nach Isabelle, als alle schon längst die Hoffnung aufgegeben hatten, schloß sich da lückenlos an.

Seine Liebe zu Isabelle stammte aus der Zeit, als sein enormer Körperumfang seine Altersgenossen noch verblüffte, reizte und herausforderte. Unermüdlich heckten sie neue Sticheleien und Hänseleien in bezug auf diesen Körper, dieses Objekt aus, und ließen dabei die Verwundbarkeit der Seele außer acht. Als er etwa zehn Jahre alt war, folgten ihm eines Tages auf dem Heimweg von der Schule ein paar ältere Jungen. Er umklammerte seine Schultasche und beschleunigte, den Blick geradeaus, seine Schritte. Rennen würde Fliehen bedeuten und sie vielleicht zu Taten anstacheln, die sie jetzt noch nicht im Sinn hatten. Außerdem hätte er im Hinblick auf Schnelligkeit doch den kürzeren gezogen. In Höhe eines Gehöftes etwas außerhalb des Dorfes holten sie ihn ein.

»Du hast aber einen süßen Arsch, Buffon!« riefen sie.

Der Mistgestank aus den offenstehenden Stalltüren stieg ihm wie ein Alarmsignal in die Nase. Einer der Jungen bückte sich, hob einen Ast auf und pikste Buffon damit in den Hintern. Die anderen suchten sich nun auch Äste und stürzten wie ein Haufen johlender Pikadore auf ihr wehrloses Opfer. Bernard ließ die Schultasche fallen und hielt sich die Ohren zu, damit er das Kriegsgeheul nicht hörte.

»Ist er schon gar?« rief einer. »Nein, das Fleisch ist noch nicht gar.« Schallendes Gelächter.

»Dem müssen wir erst noch das Fell abziehen«, rief ein anderer. »Los, wir ziehen ihm das Fell ab.«

Gemeinsam warfen sie sich auf seinen Unterleib. Es

gelang ihnen, seinen Hosengürtel zu lösen und die Hose zusammen mit der Unterhose runterzuziehen. Die allgemeine Erregung erreichte ihren Höhepunkt. Bernard schlug die Hände vors Gesicht, um sich von seiner unteren Körperhälfte zu distanzieren und die blutrünstigen Gesichter seiner Belagerer nicht zu sehen. Dieser Höhepunkt weckte bei den Jungen das Verlangen nach einer weiteren Steigerung. Sie schubsten ihn von der Straße in Richtung des Gehöfts; auf halbem Weg stolperte er über seine Hose, die ihm um die Knöchel hing. Sie zerrten ihn weiter, direkt auf die große Tonne zu, die unter einer Regenrinne stand. Bernard befand sich in einem Rausch der Angst, Machtlosigkeit und Scham. Er sah die große Tonne und ahnte sofort, was sie mit ihm vorhatten. Er protestierte lauthals, was aber in ihrem ekstatischen Tumult unterging. Mit riesigem, gemeinsamen Kraftaufwand gelang es den Jungen, ihn hochzuheben und kopfüber hineinzustecken. Es war nicht viel Wasser in der Tonne, nur eine kleine, trübe Lache, die ihm bis an die Stirn reichte. Das ganze Blut aus seinem voluminösen Körper strömte in seinen kleinen Kopf. Er glaubte zu ersticken. Anfangs hörte er in dem engen Raum, in dem er festgeklemmt war, noch das Geschrei von draußen, aber es verstummte bald. Er wußte nicht, was er daraus schließen sollte: War er vor Beklemmung bewußtlos geworden, oder waren seine Quälgeister verschwunden? Er hörte nur noch sein Blut rauschen.

Plötzlich kippte die Tonne um. Das stinkende Wasser rann ihm übers Gesicht. Er spürte zwei Hände auf seinen Hüften, die ihn langsam herauszogen. Kurz danach lag er wie ein neugeborenes Kalb im Gras und blinzelte ins Tageslicht. Zwei Gestalten beugten sich über ihn. Er befand sich in einer merkwürdigen Verfassung. Einerseits war er durch die ausgestandenen Emotionen erschöpft und apathisch, andererseits herrschte in ihm eine der Situation unangemessene Zufriedenheit, eine heitere Ruhe, die zuweilen den überkommt, der nicht tiefer sinken kann oder der nichts mehr zu verlieren hat. Langsam wurde ihm bewußt, daß ein vornehmer Herr im cremefarbenen Anzug und mit einem Strohhut, wie ihn Maurice Chevalier in alten Filmen trug, und ein blondes Mädchen seines Alters ihn besorgt anschauten und auf ein Lebenszeichen warteten.

Das Mädchen umfaßte sein Handgelenk, um ihn hochzuziehen. »Sie sind weg«, sagte sie leise, »du brauchst keine Angst mehr zu haben.« Sie sprach ein kultiviertes Französisch, nicht den Dialekt der Gegend, an den Bernard gewöhnt war.

Auf einmal schien sie auf einen Punkt weit hinter ihm zu blicken. Sie ließ seine Hand los, richtete sich auf, straffte die Schultern, ballte die Hände zu Fäusten und brüllte: »Verschwindet! Ihr Arschlöcher!«

»Isabelle«, sagte ihr Begleiter empört, »was für eine Sprache!«

Sie lachte übermütig und wandte sich erneut Bernard zu, der sich aufrappelte und die Hose hochzog. »Wir haben sie verjagt, diese Arschlöcher«, sagte sie.

»Isabelle!«

Bernard wischte sich mit dem Ärmel über die Stirn. Von ihm aus gesehen stand das Mädchen direkt unter der Sonne. Der blonde Strahlenkranz um ihren Kopf und ihre aufrichtige moralische Empörung machten sie in seinen Augen zu einer kleinen Heiligen, zu einem Wesen, das aus anderen Sphären auf die Erde gekommen war, um ihm in der Not beizustehen.

»Papa«, sagte sie, »wollen wir ihn schnell nach Hause bringen?«

Der Mann unterzog Bernard einer strengen Begutachtung, als wollte er ihn nach seinen Maßstäben der Gepflegtheit beurteilen, wobei zweifellos fleckenlose Tropenanzüge obenan standen, und stimmte dann mit einem kurzen Nicken zu. Wiederum wurde Bernard von Scham überwältigt; er fühlte sich schmutzig und besudelt. Aber das Mädchen schlang ihren Arm um seine Schultern und führte ihn zu einem großen, leuchtend weißen Auto, das am Straßenrand geparkt war.

6

Nach der Entführung dauerte es eine gute Woche, bevor Isabelle ihren Widerstand aufgab. Sie setzte sich immer noch zur Wehr, wenn sie nach dem Modellsitzen in den Keller zurück mußte. Sie war erkältet, hatte Durchfall, bekam Weinkrämpfe. Sie bat um Monatsbinden, Unterwäsche und erhielt beides. Sie beschwerte sich über den von Jeanne auferlegten Nahrungsentzug und bombardierte sie mit verzweifelten Fragen. Gut, den Sinn und Zweck der Entführung konnte sie, wenn auch mit Mühe und Not verstehen; ebenso, warum sie in den Keller eingeschlossen wurde. Aber welchen absurden Grund konnte Jeanne haben, sie mutwillig verhungern zu lassen? Sie wurde verrückt vor Hunger und konnte nur noch an Essen denken. Ihre Visionen beschränkten sich nicht auf sorgfältig zubereitete Speisen; auch frisch aus der Erde gerissene rohe Rüben schienen ihr begehrenswert und selbst die Grashalme, die ihr Blick durch die vergitterte Luke erhaschte.

Jeanne hörte sich das Jammern unbewegt an und ließ sich nicht dazu herab, auch nur einen Zipfel des Schleiers ihrer Absichten zu lüften. Isabelle war kein Mensch, sondern ein Ding. Ein Gespräch von Frau zu Frau wäre das letzte, wonach ihr der Sinn stand. Wenn sie sich auf all diese Bitten einließe, Gedanken und Gefühle auszutauschen, ginge sie Isabelle direkt in die Falle: Isabelle bekäme ihre Menschlichkeit zurück, und der Status quo wäre aufgehoben.

Schließlich war Isabelle aus purer Erschöpfung und

Verzweiflung in Apathie gefallen. Erleichtert stellte Jeanne fest, daß in ihr offenbar etwas gebrochen war, was nie mehr geschient und geheilt werden könnte. Endlich war eine Zeit der Ruhe eingetreten, eine Ruhe, die für die Arbeit unentbehrlich war.

Eines Tages aber fragte Isabelle nach dem Modellsitzen unerwartet und zaghaft: »Darf ich das andere Zimmer mal sehen?«

»Welches andere Zimmer?« sagte Jeanne, unangenehm berührt, weil die gewohnte, neutrale Stille gestört wurde.

»Das Zimmer mit deinen Bildern.«

Gerade an diesem Nachmittag hatte Jeanne eine elegante Lösung für das Problem der immer tiefer werdenden Schatten auf Isabelles Körper gefunden. In einer Anwandlung von Zufriedenheit über ihre Erfindungsgabe sagte sie übermütig: »Warum nicht?«

Gewissenhaft reinigte sie die Pinsel. Nachdem sie einen letzten kritischen Blick auf das Gemälde geworfen hatte, rief sie die Hunde und ging ihnen voraus zu einem Raum am anderen Ende des Ganges. Dort war es dunkel und muffig. Sie machte die Läden und Fenster auf, und das warme, bronzefarbene Licht der Nachmittagssonne durchflutete den Raum. Es fiel auf einen Billardtisch in der Mitte des Zimmers, auf dem die Kugeln noch in der gleichen Anordnung lagen, wie man sie einst liegengelassen hatte; das grüne Tuch war von einer dicken grauen Staubschicht überzogen. Über dem Kamin hing ein kapitales Hirschgeweih, von Jagdgewehren flankiert. Auf den Kommoden und Tischen aus Mahagoni standen ausgestopfte Tiere: verschiedene Vögel – ein Pfau, der ein Rad schlug –, ein Fuchs, ein Marder, ein Hase, ein Eichhörnchen mit einem Kiefernzapfen zwischen den Pfoten. In dem altertümlich anmutenden Licht wirkten sie sehr tot. Die darüberhängenden Gemälde fügten sich nahtlos in diese trostlose Ausstellung.

Ausführlich betrachtete Isabelle die Gemälde der Tiere in den verschiedenen Stadien des Todes. Jeanne beobachtete sie mit leichtem Lampenfieber. Nie zuvor hatte jemand dieses Heiligtum betreten, nie zuvor hatte jemand diese neue Entwicklung in ihrer Malerei zur Kenntnis nehmen dürfen. Plötzlich bekam Isabelle einen furchterregenden Status: Aus einem Nichts war innerhalb weniger Sekunden ein mit Urteilskraft ausgestattetes Wesen geworden.

Isabelle verharrte vor dem Porträt eines alten Mannes, der mit geschlossenen Augen auf einem bestickten Kissen lag. »Wer ist das?« flüsterte sie.

»Mein Vater.«

»Schläft er?«

»Er ist tot. Ich hatte nur drei Tage, sonst hätte ich es besser ausarbeiten können.«

Isabelle griff sich mit einer pathetischen Geste an den Kopf. Sie kniff die Augen zu, schwankte wie eine Seekranke und konnte sich gerade noch am Billardtisch festhalten.

»Was hast du?« sagte Jeanne.

»Mir ist ... so schwindlig ...«

Jeanne betrachtete sie reserviert. Wie mager sie geworden ist, was für dünne Arme und Beine. Dennoch war sie vom letzten Stadium noch weit entfernt. Ihre Magerkeit ließ sich noch nicht mit den ausgehungerten Afrikanern in den Zeitungen vergleichen. Vielleicht verfügte sie dank ihres luxuriösen Hintergrundes über enorme Reserven.

»Nun weißt du es«, sagte sie, faßte Isabelle ungeduldig bei der Schulter und schob sie sanft aus dem Zimmer.

»Was weiß ich?« klang es beinahe unhörbar.

»Wie ich male.«

Am nächsten Tag sackte Isabelle beim Modellsitzen der linke Ellbogen weg, auf den sie sich wie einst Madame Récamier gestützt hatte, und sie fiel ermattet auf die Seite. Reglos und mit geschlossenen Augen blieb sie liegen.

Zuerst war Jeanne erstaunt, dann verärgert und mißtrauisch: Wollte Isabelle sie zum Narren halten? Danach wurde sie unruhig. Ihr Modell durfte nicht vorzeitig versagen, sie mußte das Programm in aller Ruhe zu Ende führen können. Sie legte den Pinsel hin und ging nervös zum Kanapee. Sie beugte sich über Isabelle und berührte schüchtern ihren Arm, der sich kalt anfühlte.

»He?« sagte sie und schüttelte sanft ihren Arm. »Was ist denn los?« Es war eine sonderbare Erfahrung, so nah bei der Nacktheit einer anderen Frau zu stehen. Plötzlich war dieser Körper nicht länger das Objekt, das sie duplizieren wollte, sondern etwas, in dem ein Herz klopfte, Blut strömte und die Organe die gleiche fabelhafte Aufgabe verrichteten wie in ihrem eigenen Körper. Er besaß nur noch einen Bruchteil seiner früheren Reize, eine hilflose, unnütze und fast rührende Sinnlichkeit.

Isabelle öffnete halb die Augen. »Ich ... ich kann nicht mehr«, brachte sie mit Mühe hervor.

»Reiß dich zusammen«, sagte Jeanne. »Komm ...«

Aber Isabelle rührte sich nicht. »Essen«, murmelte

sie, »ich muß ... ich muß etwas essen.« Ihre aufgesprungenen Lippen öffneten sich, schlossen sich, öffneten sich wieder.

Jeanne zögerte. Dies widersprach ihrem ganzen Konzept. Aber sie hatte keine andere Wahl, die Arbeit war schon viel zu lange unterbrochen. »Ich hol dir was zu essen«, sagte sie mürrisch.

Isabelle richtete sich stöhnend auf, um das Brot und die Milch entgegenzunehmen. Während sie mühsam aß und trank, setzte sich Jeanne wieder hinter die Staffelei und wartete mißmutig. Ihre Lust, weiterzumalen, ihre Vitalität und ihr Elan für diesen Tag wurden mit jedem Bissen und jedem Schluck, den Isabelle zu sich nahm, geringer. Jedes Zeichen ihres Menschseins lähmte sie. Isabelle hatte bis auf weiteres nur ein Bild zu sein.

Aber es war wie ein Wunder, was ein Stück Brot und ein Glas Milch fertigbrachten. Die Kraft schien in Isabelles Glieder zurückzukehren. Sie wischte sogar die Krümel vom Kanapee. Dann nahm sie mechanisch ihre alte Pose ein und blickte mit hellen Augen ins Zimmer.

Lustlos nahm Jeanne den Pinsel wieder in die Hand. Die Spannung hatte nachgelassen, die Konzentration war dahin. Die unentbehrliche innere Triebkraft, mit der ein Arbeitstag immer begann, der feurige, brausende Enthusiasmus, der den Pinsel fast ohne ihr Zutun lenkte.

»Warum wolltest du gerade mich als Modell haben?«

Die Frage sprang wie ein durchs Fenster geworfener Stein ins Zimmer. Das Blau von Isabelles Augen, die sich mit einem fast hungrigen Interesse auf Jeanne hefteten, wurde dunkler.

»Wegen deiner Schönheit natürlich«, sagte Jeanne schnippisch.

»Warum behandelst du mich dann so schlecht? Was an mir schön war, ist doch längst dahin.«

Jeanne, nicht auf Fragen vorbereitet und schon gar nicht auf so direkte, erstarrte. Stocksteif wie ein Hellebardier stand sie da, den Pinsel verstört zur Decke gerichtet. Sie war sprachlos. Aber sie rief sich gleich wieder zur Ordnung: Was hatte sie schon von Isabelle zu befürchten? Nichts! Isabelle war ihr Eigentum, sie konnte mit ihr tun und lassen, was sie wollte. Sie konnte also genausogut schonungslos offen und ehrlich zu ihr sein, wie sie es sich selbst gegenüber auch war.

»Ich will zeigen«, sagte sie energisch, »daß Schönheit nur Schein ist. Die Natur schafft sie nur, um sie wieder zu zerstören.« Dadurch, daß sie ihre Überzeugung laut ausgesprochen hatte, erhielt sie zum erstenmal Allgemeingültigkeit.

Isabelles Augenlid zitterte. Sie fuhr sich mit der Hand an die Stirn, um eine imaginäre Haarsträhne wegzustreichen.

»Wirst du wohl stillhalten?« schimpfte Jeanne.

Es trat eine lange, von Isabelles ängstlichen Spekulationen geschwängerte Stille ein. Jeanne hatte das Gefühl, ihre Gedanken nicht nur hören zu können, sondern sie auch wie einen Schwarm desorientierter Fledermäuse um ihren Kopf schwirren zu sehen.

»Warum haßt du die Schönheit so?« fragte Isabelle tonlos.

»Hassen? Nein, ich ...«, begann Jeanne. Aber warum sollte sie feige sein und einen Rückzieher machen, nachdem sie nun die Chance hatte, freimütig über das zu sprechen, was sie seit undenklichen Zeiten bedrückte? Sie blickte stur auf die Leinwand und brachte mit sicherer Hand einen winzigen Tupfer Violett hinter Isabelles Ohr an. »Weil es Schönheit gibt, bin ich häßlich.«

»Das verstehe ich nicht.«

Jeanne seufzte. »Die Menschen haben sich im Lauf der Jahrhunderte Normen für die wahre, reine Schönheit ausgedacht. Was von dieser Norm abweicht, ist häßlich. Ich ... entspreche keiner einzigen Schönheitsnorm.«

Isabelle sah ihr direkt ins Gesicht. Darauf wird sie nichts erwidern können, dachte Jeanne zufrieden. Es erleichterte sie, diesen Unmut artikulieren zu können, und noch dazu vor der Schönheit selbst! Zum erstenmal in ihrem Leben bekam sie die Gelegenheit, sie unmittelbar anzuklagen.

»Aber so häßlich bist du doch gar nicht«, erwiderte Isabelle ohne Überzeugungskraft.

Jeanne lachte verächtlich. »Nein? Dann schau mich mal richtig an.« Sie warf den Pinsel hin und stellte sich breitbeinig, die Arme in die Hüften gestemmt, neben die Staffelei. »Na? Was sagst du dazu? Schau ...« Sie bückte sich und streifte die Hosenbeine bis zu den Knien hoch, um ihre dünnen, dunkel behaarten Beine zu präsentieren. Sie machte einige unbeholfene Tanzschritte, um ihrer Reizlosigkeit noch mehr Ausdruck zu verleihen. Dann stand sie auf und knöpfte das zu weite, dreckige Hemd auf, das sie beim Malen immer trug, damit Isabelle ihre flache Brust sehen konnte. »Verstehst du jetzt, was ich meine?«

»Aber ...«, sagte Isabelle niedergeschlagen, »du hast doch schöne Augen.«

»Schöne Augen«, äffte Jeanne sie nach. Sie riß sich die Brille von der Nase und kam mit ihrem Gesicht provozierend nah an Isabelle, die, zu ihrer Verwunderung, weder zurückschreckte noch mit den Augen blinzelte. »Siehst du, Frettchenaugen, und noch dazu stark kurzsichtig. Nix schöne Augen.« Triumphierend setzte sie die Brille wieder auf.

»Und dann mein Mund«, fuhr sie fort. »Du kennst sie sicher, vor allem hier auf dem Land, die alten Männer und Frauen mit ihren eingefallenen zahnlosen Mündern. Ich habe das jetzt schon!« Exhibitionistisch zeigte sie lachend ihre schiefen, von Zahnfäule heimgesuchten Zähne. »Ein Mümmelmund«, kicherte sie. Oh, was für einen unerwarteten Genuß verschaffte es ihr, ihre ganze Häßlichkeit zur Schau stellen zu können, sie dieser Schönheit unter die Nase zu reiben, genauso wie sich die schönsten Frauen in ihrem Narzißmus täglich in Zeitungen, Zeitschriften und auf Litfaßsäulen unaufgefordert ihren eher stiefmütterlich bedachten Schwestern aufdrängten. Am liebsten hätte sie sich nackt ausgezogen, um mit dem ganzen Spektrum ihrer abstoßenden Häßlichkeit zu prunken.

»Schau dir nur mal meine Nase an«, Jeanne drehte den Kopf zur Seite, damit ihr Profil zur Geltung kam, »meine Nase ist ein Phänomen. Du wirst schwerlich eine zweite Nase dieses Formats finden. Wenn ich lache, berührt sie fast mein Kinn. Wenn Seltenheit eine Norm für Schönheit wäre, hätte ich eine wunderschöne Nase.«

Sie wandte Isabelle den Rücken zu. »Und das Haar... der Schmuck der Frau.« Sie zupfte bedeutungsvoll an dem armseligen Schwänzchen an ihrem Hinterkopf. »Mein Rücken, was sagst du zu meinem Rücken?«

»Äh ... du solltest vielleicht etwas gerader gehen«, stammelte Isabelle.

»Dann überrage ich jeden!« rief Jeanne. »Klein und häßlich zu sein, ist schlimm, aber groß und häßlich zu sein, ist eine Strafe. Mit dreizehn fing ich an zu wachsen. Ich wuchs und wuchs, wie eine kraftlose Pflanze, die zu wenig Licht bekommt. Ich zog die Schultern ein und senkte den Kopf. Heute, nach so vielen Jahren, kann ich beim besten Willen nicht mehr gerade gehen. Ich werde noch mit dem Kopf an den Füßen enden.« Grinsend fügte sie hinzu: »Und mit der Nase am Kinn.«

Jeannes Exhibitionismus verfehlte seine Wirkung nicht. Isabelle seufzte entmutigt. So wie sie Jeanne mit ihren hohlen Hungeraugen anstarrte, schien sie von einer Aura des Unglücks und der Katastrophen umgeben. Dieselbe Aura, von der auch Jeanne immer umgeben war. Ob so etwas, wie ein Floh, von einer Person auf die andere springen kann? Jeanne knöpfte das Hemd wieder zu.

»Aber ...«, sagte Isabelle zaghaft, »warum kleidest du dich nicht ein bißchen weiblicher?«

»Meinst du, daß ich das nicht versucht hätte!« entgegnete Jeanne empört. »Als ich noch auf die Kunstakademie in Paris ging ... Du dachtest wohl, eine Bauerntrine vor dir zu haben, die von der Welt nicht mehr als das nächste Dorf gesehen hat?«

»Nein, nein«, versicherte Isabelle rasch.

»In der Akademie gab es stilbewußte Leute, avantgardistisch auf dem Gebiet der Mode. Sie trugen die neue Linie, die später von den Modehäusern nachgeäfft wurde. Auch ich hatte eine Zeit, in der ich mich originell ... gewagt kleidete. Schau mich nicht so ungläubig an ... Weißt du, was der Effekt war? Die Leute auf der Straße stießen sich an, zeigten auf mich und lachten mich aus. Ich war die Zielscheibe ihres Spotts, ihrer Schikanen. Es wurde gefährlich, mich in der Öffentlichkeit zu zeigen. Manch einer wurde aggressiv, wenn er mich sah; ich war etwas, was sie beschädigen, zerstören wollten ...«

»Oh, wie schrecklich ...«, flüsterte Isabelle. Sie saß scheu und zusammengesunken da, wie ein geprügelter Hund.

»Schrecklich?« Jeanne wich verärgert zurück. »Es ist grausam! Ungerecht! An deiner Wiege stand eine gute Fee, an meiner eine böse. Im Mittelalter hat man mißgestaltete Frauen wie mich als Hexen verbrannt. Die konnten nur das Werk des Teufels sein, sagte man. Und recht hatten sie. Man muß es schon sehr schlecht mit der Menschheit meinen, um jemanden wie mich auf die Welt kommen zu lassen. Obwohl ich als Künstlerin, das muß ich zugeben, vor einer Schöpfung Respekt habe, die von so vollkommener, fast unglaubwürdiger Häßlichkeit ist. Ohne auch nur das geringste Schöne, stell dir das vor! Aber als Opfer sage ich: Es ist unmenschlich. Es ist schlimmer als Invalidität – in dem Fall kann man nämlich mit Mitleid und Rücksicht rechnen. Häßlichkeit wird ignoriert, geleugnet. Die Menschen wenden sich von dir ab, als hättest du eine ansteckende Krankheit, die, wenn sie dich nur angucken, auf sie übertragen wird.«

Sie unterbrach ihre Tirade, um Atem zu schöpfen.

»In der Stadt ... in der Stadt ist es viel schlimmer als auf dem Land. Hier im Dorf gehöre ich wie der Dorftrottel einfach dazu. Aber in Paris, vor allem in der eitlen Künstlerszene, ist es tabu, häßlich zu sein. In der Stadt herrscht das amerikanische Modell: Man muß jung, schön und erfolgreich sein. Etwas anderes zählt nicht. Wer arm ist, häßlich und mißgestaltet ... gehört sozusagen in die Dritte Welt, die schön weit weg ist.«

»Aber deine Arbeit«, sagte Isabelle schüchtern, »hast du denn mit deiner Arbeit keinen Erfolg?«

Jeanne warf den Kopf in den Nacken. »Ha! Erfolg! Glaubst du, daß es auch nur einen Galeriebesitzer gibt, der Arbeiten von jemandem wie mir ausstellen möchte? Stell dir doch bloß die Vernissage vor. Da stehen die Gäste mit einem Glas Sekt in der Hand herum, auffällig und extravagant gekleidet – man kommt ja auch, um gesehen zu werden –, und dazwischen ich, ein Mißton, ein Makel auf der Party, eine lebendige Antireklame für meine Bilder.«

»Und trotzdem malst du noch ...«

»Eines Tages ...« Jeanne stierte über Isabelles Schultern aus dem Fenster auf die verwilderten Äcker, die Generationen ihrer Vorfahren bestellt hatten. Große Familien, Knechte, Mägde, Saisonarbeiter hatten hier gearbeitet, gelebt, sich fortgepflanzt. Die ganze Schinderei, alle Bestrebungen, alle Zukunftshoffnungen endeten in der Reuse eines monströsen weiblichen Sprosses, mit dem das Geschlecht aussterben würde. »Eines Tages werde ich ein so durchschlagendes Œuvre haben, daß man mich einfach nicht mehr übersehen kann. Aber was tu ich ...« Sie blickte irritiert um sich. »Ich vergeude meine Zeit.«

Mit zwei großen Schritten stand sie wieder hinter der Staffelei. Sie nahm den Pinsel vom Tisch und brachte mit einem grimmigen Strich eine kleine Veränderung an.

»Laß uns schweigen und arbeiten«, sagte sie verbissen.

7

In dieser Nacht wälzte sich Jeanne im Bett, so aufgeregt war sie über ihre Herzensergüsse. Das, worüber sie an diesem Tag gesprochen hatte, schwirrte ihr durch den Kopf, ohne daß sie darauf Einfluß nehmen konnte, und vermischte sich mühelos mit dem Gezirpe der Grillen rund ums Haus. Nie zuvor hatte sie sich jemandem offenbart. Wer hätte sich dafür auch hergegeben? An Freundinnen erinnerte sie sich nur aus ihrer frühen Jugend, von einem Freund war nie die Rede. Fürs Lamentieren über Häßlichkeit interessierte sich doch niemand!

Was für ein merkwürdiger Mechanismus war da nur in Gang gekommen? Isabelle, dieses scheue, nahezu auf Null reduzierte Häufchen Mensch, stellte Fragen, und sie antwortete. Es brach aus ihr heraus. Isabelle hatte, wie ein positiver Pol, eine unbegreifliche Anziehungskraft auf Jeannes negative Ladung ausgeübt. Es sprudelte nur so aus ihr heraus, sie gab ihre intimsten, schmerzlichsten Gefühle einer Isabelle preis, die ihr – in der doppelten Bedeutung des Wortes – hungrig zuhörte.

Etwas später beschlich sie die Vermutung, daß es ein Trick Isabelles gewesen sein könnte, ein schlauer, durch und durch weiblicher Trick, um sie für sich zu gewinnen und zu erweichen. Dann wäre ihr ganzes Interesse nur gespielt gewesen, und Jeanne wäre, auf komplizierte Art und Weise, Isabelles Verführungskünsten zum Opfer gefallen. Bei diesem Gedanken riß sie sich zusammen und nahm sich vor, kein Wort mehr zu sagen.

So schlingerten ihre Gefühle zwischen Hoffnung und Furcht hin und her, sie warf sich auf die eine, dann auf die andere Seite und schlief erst im Morgengrauen ein.

Am Nachmittag gelang es Isabelle wieder, diesmal, ohne ohnmächtig zu werden, Jeanne dazu zu bringen, daß sie ihr, zu ihrem eigenen Erstaunen, feste Nahrung brachte. Das Essen brachte eine natürliche Pause mit sich, in der Isabelle so ganz nebenbei fragte: »Wenn du nie ausstellst, wovon lebst du dann?«

Entgegen ihren guten Vorsätzen in dieser Nacht sagte Jeanne: »Ich stehe abends hinterm Tresen, im La Truite Dorée.«

»Dann kennst du also jeden im Dorf?«

»Die Männer. Die Frauen kommen nur, um ihre Männer aus der Kneipe abzuschleppen. Ja, ich kenne die Männer aus dem Dorf. Ich höre und sehe alles. Sie sehen mich nicht. Ich bin ein Ding, das Getränke einschenkt und Geld kassiert. Mehr nicht. Dafür hat man mich auch genommen. Willst du wissen, warum sie jemanden wie mich hinter den Ausschank gestellt haben?«

Isabelle nahm einen Bissen und nickte. Jeanne kam hinter der Staffelei hervor – der Kanone, hinter der sie bis zu diesem Moment ihr Ziel mit Blicken wie Seziermesser bombardiert hatte. Sie setzte sich auf den Rand des improvisierten Podests. Sie blickte auf den Pinsel mit der blauvioletten Farbe und erzählte: »Als ich hörte, daß sie im La Truite Dorée jemanden suchten, bin ich gleich hingegangen. Ich war aus Paris zurückgekommen, besaß keinen Sou, nur dieses Haus mit dem ganzen Ackerland. Aber Landwirtschaft ist nichts für mich. Ich stellte mich dem Wirt und seiner

Frau vor. Er hat mich angeguckt und erst mal geschluckt. Dann nahm er seine Frau am Arm und zog sie mit sich in das Nebenzimmer, das durch einen Vorhang von der Kneipe getrennt ist. ›Das Mädchen ist so grundhäßlich‹, hörte ich ihn sagen, ›davon wird's einem richtig übel. Sie wäre der Bankrott für unser Geschäft.‹ ›Spinnst du‹, sagte die Frau, ›die Kerle kommen zum Saufen in die Kneipe. Ist denen doch egal, wer ihnen die Gläser vollschenkt.‹ ›Aber sie sehen doch gern was Hübsches hinterm Tresen!‹ erwiderte er. ›Du siehst gern was Hübsches hinterm Tresen!‹ zischte sie. ›Und du kannst die Finger nicht von ihnen lassen. Deshalb geht's auch immer wieder schief. Die Mädchen bleiben nie lange. Nein, die ist prima. Genau das, was wir brauchen.‹«

Jeanne lachte bitter. »Er hat Angst vor mir. Jeden Abend eine Frau an seiner Seite, die er abstoßend findet ... Männer werden verlegen, ich meine, sie verlieren ihre Männlichkeit in Gesellschaft einer häßlichen Frau. Ich habe einmal ein Buch über Schönheit gelesen, das ein gewisser Firenzuola im sechzehnten Jahrhundert geschrieben hat. Darin wurde ein Mann zitiert, der berichtete, daß trotz der vielen bildschönen Frauen auf einem Ball der Abend für ihn ruiniert gewesen sei, wenn eine Häßliche darunter war.«

»Das ist doch Wahnsinn ...«, sagte Isabelle.

»Das ist eine unerträgliche Arroganz!«

Sie schwiegen beide. Isabelle blickte nachdenklich auf das letzte Stückchen Brot, das sie wie ein Kleinod in der Hand hielt. Jeannes Blick ruhte auf den Hunden, die sich in hinreißender Unkenntnis ihrer Häßlichkeit auf dem Boden zum Schlafen ausgestreckt hatten. Oh, wie sie an ihnen hing, nicht zuletzt wegen ihrer fast kriminellen Monstrosität. Welch ein Privileg, ein Tier zu sein und nicht zu wissen, wie man aussah. Tiere machen keinen Unterschied zwischen schönen und häßlichen Geschöpfen. Sie seufzte.

»Du meinst, es wäre wunderbar, schön zu sein ...« Isabelle hatte die Beine hochgezogen und die Arme um ihre Knöchel geschlungen.

»Du wirst mir doch nicht erzählen wollen, daß du darunter leidest«, sagte Jeanne giftig.

»Ich werde geliebt ...«, Isabelle atmete tief ein, »wegen meines Äußeren, meiner Hülle, nicht um meiner selbst willen. Oder man haßt mich deswegen, so wie du, ohne mich zu kennen. Für viele Regisseure bin ich nur eine dumme blonde Puppe. Wenn ich mit eigenen Ideen komme, hören sie mir nicht zu. Ich muß schon Krach schlagen, damit man mich hört. Dann wird geschrieben, daß ich ein Luder bin und mir der Ruhm zu Kopf gestiegen ist.«

Jeanne stand auf. Es geschah etwas, was sie nicht fassen konnte: Plötzlich kamen Worte zurück. Klagen über eine Welt, die sie nicht kannte und die sie auch nicht interessierte.

»Wir machen weiter«, sagte sie kurz angebunden und ging zurück zur Staffelei. Fühlte sie sich normalerweise in ihrer strategischen Position auf der großen, schwarzen Steinfliese wie eine schwarze Königin, die mit ihren beiden Läufern die weiße Königin schachmatt gesetzt hat, so wurde heute ihr Selbstvertrauen durch allerlei herumschwirrende Gedanken unterwandert. Sie verdarben die intensive, keine Sekunde nachlassende Aufmerksamkeit, die das Malen erforderte. Zudem war es sehr warm. Draußen flimmerte das heiße, weiße Licht. Sie biß sich auf die Lippen und setzte ein paar kühne Farbstriche auf die Leinwand, die sie anschließend wieder übermalen mußte.

»Ich kriege immer die gleichen Rollen«, fuhr Isabelle in niedergeschlagenem Ton fort. »Verführerin, Geliebte, Varieté-Künstlerin, Hure oder Sängerin in einem Nachtklub. Richtige Charakterrollen, wo es wirklich auf das schauspielerische Talent ankommt, geben sie mir nicht. Und warum? Wegen meiner verfluchten Schönheit. Die interessanten Rollen bekommen Schauspielerinnen, die alltäglich aussehen, so wie Jeanne Moreau, Isabelle Huppert, Jane Birkin. Ich bin ein zweitrangiger Star. Die Kritiker nehmen mich nicht ernst.«

»Du bist berühmt«, sagte Jeanne und malte verbissen weiter. »Du bist reich, man betet dich an, du kannst jeden Mann haben, den du willst. Soll ich vielleicht Mitleid mit dir haben ...?«

»Vielleicht bloß ein wenig Verständnis ...«

Jeanne schwieg. Wer brachte denn für sie Verständnis auf?

»Männer ...« Isabelle schauderte. »Ich gebe ja zu, daß es aufregend ist, sie zu verführen ... Man gibt ... nimmt etwas zurück ... gibt ... nimmt wieder etwas zurück ... Du bildest dir ein, daß sie in dich verliebt sind. Sie sagen dir romantische Worte, geben dir das Gefühl, einzigartig zu sein. Aber dann ... kommt der Augenblick, in dem sie jedes Gefühl für Anstand verlieren ... jeden Respekt vor dir und vor sich selbst. Wilde Tiere! Du kannst nicht mehr mit ihnen reden ... sie greifen an ... alle abscheulichen Träume, die sie in ihrer Phantasie hegen, werden an dir ausgelebt ... die ganzen Spannungen und Frustrationen ... du bist nur noch ein Mülleimer.«

Jeanne starrte sie entgeistert an. Die Schweißtropfen auf ihrem Rücken wurden kleine Spinnen, die eine kitzelnde Spur von den Schulterblättern bis in die Pospalte zogen. Ein Farbklecks klatschte vom Pinsel auf ihren Schuh. Wie konnte Isabelle so über die Liebe sprechen, für die sie wie keine andere vom Scheitel bis zur Sohle geschaffen war! Die Liebe, um die sich offensichtlich alles drehte ... die die Erde in Bewegung hielt ... und die sie selbst immer hatte entbehren müssen. Wenn überhaupt jemand den Wert der Liebe einschätzen konnte, dann Isabelle. Dennoch redete sie darüber, als sei die Liebe auf dem Mist der Männer gewachsen, nicht mehr als Propaganda für etwas, das nur sie auf Kosten der Frauen genießen durften.

»Aber so weit lasse ich es nicht mehr kommen ...« Isabelle hob das Kinn und blickte kaltherzig auf den Boden, als ob sich dort unten eine Löwengrube befände, in der ein paar aus der Art geschlagene Männer mit ratlos emporgestreckten Armen vergeblich ihre Hilfe erflehten. »Sobald sie handgreiflich werden, mache ich Schluß.«

»Willst du damit sagen«, stammelte Jeanne und unterdrückte mit Mühe ein plötzlich aufkommendes Gefühl der Heiterkeit, »daß du sie erst an den Honig ranläßt und ihnen dann den Deckel vor der Nase zuschlägst?«

Isabelle grinste. »Ich erteile ihnen eine Lektion, in meinem Namen und im Namen aller Frauen. Glaub mir, attraktive Frauen sind nicht privilegierter als unattraktive Frauen, wir haben alle den gleichen Feind.«

Bewegungslos stand Jeanne hinter der Staffelei. Dies war ein so atemberaubender, unerwarteter Gesichtspunkt, so unglaubwürdig für eine Frau wie Isabelle, daß es ihr die Sprache verschlug. Der Mann war keine Autorität mehr, von dessen Billigung oder Mißbilligung man abhängig war! Nicht mehr die Quelle des höchsten Genusses, dessen man ohne seine Mitwirkung nicht teilhaftig werden konnte. Der Mann nur noch ein verwerfliches Subjekt, gegen das sich die Frauen zur Wehr setzen mußten ... Gemeinsam ... Warum sollte sie sich diesem, trotz seiner Einfachheit so verlockenden Gedanken nicht hingeben? Ein wunderbares Gefühl der Entspannung und jugendlichen Trotzes überkam sie. Sie schaute ihr Gemälde an. Wer war diese kraftlose, blaßblaue Frau, die sie so versteinert anstarrte? Plötzlich fühlte sie keinerlei Affinität mehr zu ihrer Kreation. Ihre Arbeitslust war dahin.

»Es ist zu warm«, sagte sie und machte die oberen Knöpfe ihres Hemdes auf. »Zieh dich wieder an.«

Sie hockte sich neben einen der Hunde und klopfte ihm gutmütig auf den Rücken. Er riß das Maul weit auf, gähnte herzhaft und schaute sie mit einem dummen, vertrauensvollen Auge an, während das andere todmüde weiterschlief.

»Warst du schon mal verheiratet?« fragte Jeanne, ohne aufzublicken.

Isabelle zog den Reißverschluß ihres Kleides zu. »Zweimal.«

»Und ...?«

»Ach«, sagte sie matt, »da gibt es nicht viel zu erzählen. Der erste ... war ein Radrennfahrer. Ich war noch sehr jung. Im Sommer Radrennen, im Winter Skilaufen, was anderes gab es für ihn nicht. Vor dem Rennen mußte ich ihn ermutigen, danach stand ich am Ziel, um ihm zuzujubeln oder ihn zu trösten. Wenn er gewonnen hatte, mußte ich mir ellenlange Geschichten über den Verlauf des Rennens anhören ... mit was für Schwierigkeiten er unterwegs zu kämpfen hatte, und wie er sie gemeistert hat. Wenn er verlor, kam auch eine Litanei über die Probleme unterwegs und das unsportliche Verhalten der anderen Rennfahrer. Wenn er verloren hatte, lag es nie an ihm. Ich werde jetzt noch müde, wenn ich daran denke ... Ich durfte keine Filmrolle mehr annehmen. Ich mußte nur noch für ihn da sein. Ich erstickte.«

Das ungewöhnliche Gefühl völliger Entspannung war wie ein trojanisches Pferd in Jeannes gewöhnlich so gut gesicherte Festung eingezogen. Je beklagenswerter Isabelles Leben gewesen zu sein schien, desto mehr blühte Jeanne auf. Unter der Handfläche verspürte sie auf der Textur des glatten Hundefells zum erstenmal das sinnliche Bedürfnis, gestreichelt statt nur kameradschaftlich beklopft zu werden.

»Und der andere?«

»Das versprach schön zu werden, am Anfang. Er ist ein bekannter Philosoph, lehrt am Collège de France. Einige seiner Bücher sind Pflichtlektüre an der Universität. Er führte ein bescheidenes Leben, trank nicht, rauchte nicht, verbrachte den größten Teil seiner Zeit in seinem Arbeitszimmer – der einzig legitime Ort für jemand, der sein Brot mit Denken verdient, sagte er immer. Endlich bin ich einem verständnisvollen, verläßlichen Mann begegnet, dachte ich, es gibt sie also doch.« Sie lachte verächtlich. »Aber die trockenen Gelehrten ... das sind die schlimmsten! Nach einer Anfangszeit, in der er sich aus Höflichkeit und Berechnung zurückgehalten hat, kamen seine perversen Vorlieben ans Licht. Offensichtlich hatte er in seinem imposanten, antik eingerichteten Arbeitszimmer mit den schweren Bücherschränken aus Eiche nur Marquis de Sade studiert! Demütigung, darum ging es ihm, und Peinigung. Ich kann immer noch nicht darüber sprechen, was er alles von mir verlangte ... Ich glaube, daß er tief in seinem Herzen die Frauen haßte.«

Isabelle hockte sich neben Jeanne. Mit gestrecktem Zeigefinger strich sie dem Hund über den Kopf, der träge die Augen öffnete und sie wieder schloß.

Jeanne war es merkwürdig zumute. Sie konnte den warmen Körper Isabelles durch das Sommerkleid spüren. Die Wahrnehmung einer atmenden Haut so nah an der ihren versetzte sie blitzschnell in eine andere Zeit. Sie sah eine Wiese voll Klatschmohn vor sich, der sich leicht im Wind wiegte. Dazwischen wälzte sich eine weiße Katze wohlig auf dem Rükken, während sie sich von zwei Mädchen, die sich einträchtig über sie beugten, am Bauch streicheln ließ. Jeanne erinnerte sich nicht mehr, worüber sie sprachen, nur an das Gefühl selbstverständlicher Intimität ... alles war genau an seinem Platz ... alles war so, wie es sein sollte ... immer bleiben sollte.

Es war eine beklemmende Nacht. Jeanne lag stundenlang mit aufgerissenen Augen im Dunkeln. Sie schlief noch immer im selben Bett, im selben Zimmer, in dem sie als Kind geschlafen hatte. Es war noch fast so wie früher. Nur das Spielzeug, außer dem verschlissenen Schaukelpferd, war nun in einem Wandschrank untergebracht. Ein alter, rätselhafter Holzschnitt mit einem leuchtenden Hirsch, den kein Jäger erschießen kann, hing immer noch am alten

Platz. Auf dem Bett lag noch dieselbe wattierte Tagesdecke mit dem schwarzen Rosenmuster.

Zum erstenmal war ihr auch nachts Isabelles Anwesenheit im Haus bewußt. Schläft sie, fragte sie sich, oder liegt sie auch wach.

Sie spielte mit dem Gedanken, Isabelle in einem der Schlafzimmer unterzubringen. Das Zimmer ihres Vaters eignete sich am besten, das könnte sie für sie herrichten. Diese Idee erregte sie und verursachte ein erwartungsvolles Gefühl wie früher, wenn eine Cousine die Sommerferien bei ihnen verbracht hatte. Mit ihr war eine Welt neuer Erfahrungen ins Haus gekommen. Gemeinsam hatten sie flüsternd und kichernd einen Bund gegen ihren Vater und ihre Brüder gebildet. Zum erstenmal stand sie einer männlichen Übermacht nicht allein gegenüber.

8

Bernard durchforschte in seiner Freizeit die Gegend genauestens. Dutzende Male hatte er seinen schweren Körper den Berg hinaufgeschleppt und war mit klopfendem Herzen über Felsen geklettert, um zu der Stelle zu gelangen, wo Isabelle immer schwimmen ging. Hier, so überlegte er, verbarg sich das Geheimnis ihres Verschwindens. Er setzte sich auf einen Stein und blickte auf den Wasserfall, der das Becken speiste. Er bedauerte es, die Sprache des tosenden Wassers und damit die Botschaft, die es ihm mitteilte, nicht verstehen zu können. Wenn ihm die Sonne zu lang auf den kahlen Kopf gebrannt hatte, sah er die lachende und prustende Isabelle in einer Fontäne silberner Wassertropfen aus der Lagune emporsteigen und hörte sie ein ekstatisches Lied singen. Er hatte jeden Millimeter um das Wasser nach Stoffetzen, dem Glied eines Armbands, einer Perle, einem Ohrring, einer blonden Haarsträhne abgesucht.

Er erweiterte sein Territorium, stolperte über die Berge, stieg in Schluchten hinab, spähte mit zusammengekniffenen, kurzsichtigen Augen auf einen Bach, der in der Tiefe zwischen senkrechten Felswänden strömte. Überall im Wald schien sie anwesend zu sein und ihn hinter den Bäumen zu beobachten und auszulachen.

Zufällig erfuhr er, daß Odile Sévérac, die Mutter einer seiner Schülerinnen, eine alte Freundin Isabelles war. Als Teenager sollen sie im selben Internat gewesen sein und den Kontakt über die Jahre hinweg aufrechterhalten haben. Eines Nachmittags, als sie ihre Tochter von der Schule abholte, sprach er sie auf dem Schulhof an. »Nehmen Sie es mir nicht übel, Madame Sévérac«, sagte er und tippte sie auf die Schulter, »ich würde gern etwas Vertrauliches mit Ihnen besprechen.«

»Aber Monsieur Buffon«, sagte sie und guckte ihn mit ihren schwarzen Augen verschmitzt an, »Ihnen kann ich doch nichts abschlagen.«

»Wollen wir kurz ... äh, hineingehen?«

Odile Sévérac warf ihrer Tochter, die unter einem Baum verschwörerisch mit ihren Freundinnen flüsterte, einen kurzen Blick zu und folgte ihm mit breiten, wiegenden Hüften ins Schulgebäude.

»Ich möchte ganz aufrichtig zu Ihnen sein ...«, sagte Bernard, als sie sich im Klassenzimmer gegenübersaßen, in das ein grünliches Licht wie in einem Aquarium fiel; die Blätter der Linde auf dem Schulhof filterten das Sonnenlicht.

»Als ob ein Mann wie Sie etwas zu verbergen hätte!« sagte Odile Sévérac. Sie verschränkte die Arme und blickte ihn schelmisch an. Sie war klein, mollig und geschmeidig, die Haut braungebrannt, das schwarze Haar kurzgeschnitten, wie bei den meisten Frauen der Gegend. Sie trug ein schwarzes Kleid – war sie in Trauer? – mit tiefem Halsausschnitt.

Bernard senkte verwirrt die Augen. Ihre Bemerkung über seine Ehrlichkeit war natürlich als Kompliment gemeint, aber bezog sich zweifellos auch auf seine Korpulenz, die ihn sozusagen zur Unschuld zwang. Schüchtern beichtete er ihr, warum er den Kontakt zu ihr suchte. Er verschwieg nichts, auch nicht den peinlichen Vorfall in seiner Jugend.

Odile Sévéracs Gesicht verdüsterte sich. Die Erinnerung an Isabelle versetzte sie in eine trübselige Stimmung, und als ihr Bernard von seinen Suchaktionen berichtete, nickte sie voll leidenschaftlicher Anteilnahme.

»Wir alle haben tief im Herzen Abschied von ihr genommen«, seufzte sie. »Ich finde es wunderbar, daß Sie den Mut nicht aufgeben.«

Bernard beugte sich zu ihr: »Es ist eine dumme Frage, eher eine Frage aus einem Krimi als eine, die man mit gutem Gewissen in der Wirklichkeit stellen kann, aber glauben Sie, daß sie Feinde hatte?«

»Unmöglich!« sagte Odile Sévérac entschieden. »Isabelle war so freundlich ... so lebenslustig ... so geradeheraus. Sie würde nie jemanden benachteiligen. Höchstens ... könnte mal jemand eifersüchtig auf sie gewesen sein.«

»Wie war sie als Kind?«

Gestikulierend beschrieb Odile sie als ein intelligentes Mädchen, kameradschaftlich, hilfsbereit und mit großem Einfühlungsvermögen. Aber sie habe sich nicht auf der Nase herumtanzen lassen. Sie sei nicht nur für die anderen aufgekommen, sondern auch für sich selbst, wenn es sein mußte. »Wir hatten so viel Spaß miteinander«, sagte Odile nostalgisch. »Ich kann es immer noch nicht glauben, daß ihr etwas Ernsthaftes zugestoßen ist. Sie war so ... so wehrhaft, so unverwüstlich.«

Unwillkürlich verlor sich Bernard einen Augenblick in dem samtenen Schatten zwischen ihren Brüsten: Darunter verbarg sich ihre Jugend. Aus seinen reichen Erfahrungen mit Kindern schöpfend, glaubte er zu sehen, was für eine Art Kind sie gewesen sein mußte:

aufgeweckt, herausfordernd, frech und abenteuerlustig, immer zu Späßen aufgelegt, loyal in ihrer Freundschaft. Er ließ sich in diese warme, bronzene Tiefe hineinziehen, ganz kurz nur, so kurz, daß Odile Sévérac es nicht einmal bemerkte.

»Und ihre Eltern«, riß er sich zusammen, »kam sie aus einem harmonischen Elternhaus? Wenn man den Zeitungen glauben soll, wurde sie von ihrer Mutter wegen ihres Ruhms und ihrer Schönheit beneidet, und mit dem vierten Ehemann ihrer Mutter, der in Waffenhandel und andere zwielichtige Geschäfte verwikkelt sein soll, hat sie angeblich auf Kriegsfuß gestanden. Es wird sogar gemunkelt, daß er sie entführt hat, um von seiner eigenen Frau Lösegeld zu erpressen.«

»Aber Monsieur Buffon!« rief Odile Sévérac entrüstet. »Sie werden doch nicht glauben, was die Zeitungen schreiben! Isabelle hatte eine wunderschöne Jugend, sie war von Anfang an privilegiert. Und trotzdem wurde sie keine verwöhnte Göre, das ist an ihr so einzigartig. Der vierte Ehemann ihrer Mutter! Da kann man ja nur lachen! Ihre Mutter ist noch immer mit demselben Mann verheiratet, ihrem ersten und einzigen, dem Vater von Isabelle. Ein Vater entführt doch nicht seine eigene Tochter! Vergessen Sie diesen ganzen Unsinn schleunigst. Ich bitte Sie!«

Sie schnappte nach Luft; es hatte den Anschein, als fühlte sie sich persönlich gekränkt. »Wenn sie so ein schlechtes Verhältnis zu ihren Eltern hätte, würde sie doch nicht mehr nach Hause kommen! Isabelle verbrachte hier viele Wochen, um in aller Ruhe neue Rollen einzustudieren und sich von ihren Eltern verwöhnen zu lassen. Am Wochenende kam Jean-Pierre, um ihr Gesellschaft zu leisten.«

»Jean-Pierre?«

»Ihr Verlobter... na ja, sie waren nicht offiziell verlobt, aber im Herbst wollten sie heiraten.« Kopfschüttelnd starrte sie auf die hölzerne, mit Initialen übersäte Platte der Schulbank, als ob alle Katastrophen der Welt in Hieroglyphen dort eingeritzt wären. »Arme Isabelle, sie wollte zum erstenmal in ihrem Leben heiraten ...«

Bernard pflückte im Garten einen Strauß Gladiolen, den er auf zwei Vasen verteilte. Seit Isabelles Verschwinden erlaubte er sich eine kleine Ehrenbezeigung in Form von zwei immer mit frischen Blumen gefüllten Vasen zu beiden Seiten ihres eingerahmten Porträts. Das Foto hatte er vor Jahren aus einer Illustrierten ausgeschnitten. Sie stand selbstbewußt da und trug ein himmelblaues Abendkleid mit eleganten Handschuhen bis über die Ellbogen, ein glitzerndes Diadem im aufgesteckten Haar. Arglos lächelnd blickte sie in die Kamera.

Er stellte sich vor das Porträt und blickte ihr eindringlich in die Augen. »Wir werden dich wiederfinden«, schwor er. »Eher werden wir nicht ruhen.«

9

Eine Invasion von Gewitterfliegen machte sowohl das Malen als auch das Modellsitzen unmöglich. Vielleicht waren sie durch die Ritzen des Hauses eingedrungen, vielleicht hatten die Hunde sie mitgebracht: Die winzigen schwarzen Unheilsboten nahmen das ganze Haus in Beschlag.

»Heute wird es nichts mehr.« Jeanne kratzte sich träge. »Wir werden draußen im Schatten des Apfelbaums auf das Gewitter warten.« Es war ihr nicht bewußt, daß dies ein revolutionärer Vorschlag war. Das Chaos in ihrem Kopf, als Folge einer halb durchwachten Nacht, bewirkte in Kombination mit der Schwüle der Luft eine angenehme Gleichgültigkeit – ein entspanntes Laissez-faire.

So fanden sie sich an diesem Morgen, als handelte es sich um einen harmlosen Kaffeeklatsch, in den Korbstühlen unterm Apfelbaum wieder, der über ihren Köpfen ein grünes Dach aus schlaff herunterhängenden Blättern bildete. Die Hunde legten sich ins Gras. Ab und zu zitterte eine Stelle ihres Körpers, als wären sie von einem Insekt gebissen worden. Jemandem, der nichts über die Hintergründe wußte, wäre der Anblick der beiden Frauen, der Hunde und des Baums wie ein feierliches Tafelbild vorgekommen.

»Ich habe heute nacht geträumt, daß ich schön war...« Erstaunt und mit einem leichten Lächeln bei der Erinnerung sah Jeanne Isabelle an.

»Wie... wie war das?« Isabelle fuhr mit der Hand über die Spitzen der Grashalme; sie glich einem Kind, das zum erstenmal mit dem Phänomen Gras in Berührung kommt.

»Alle haben mich angeschaut. Ich war etwas ganz Besonderes, etwas ... Göttliches, hoch erhaben über die anderen Menschen. Die haben das erkannt und nahmen eine demütige und bewundernde Haltung an. Ihre Blicke haben mir Kraft gegeben. Ich war die Verwirklichung ihrer Träume, und doch war es ganz selbstverständlich, als sei dies meine einzige wirkliche Erscheinungsform. Als ich aufwachte, mußte ich an die Grabinschrift eines berühmten englischen Dichters der Romantik denken: ›Beauty is truth, truth beauty – that is all ye know on earth, and all ye need to know.‹«

»Schade, daß du aufgewacht bist«, sagte Isabelle. »Wenn du noch ein bißchen länger geschlafen hättest, hättest du vielleicht noch die Fortsetzung geträumt.«

»Die Fortsetzung?«

»Als göttliches, unerreichbares Wesen hast du eine hypnotische Anziehungskraft auf die Sorte Männer ausgeübt, die bezaubert werden wollen. Aber wenn sich nach einiger Zeit herausstellt, daß ihre Göttin die Verwundbarkeit und Empfindsamkeit einer gewöhnlichen Sterblichen besitzt, schenken sie ihre Bewunderung spontan einer neuen Schönheit, die göttlich und unerreichbar scheint. Eine schöne Frau wird nie um ihrer Persönlichkeit willen geliebt ...«

Jeanne hob den Arm, als wollte sie Isabelles Worten Einhalt gebieten, aber die Geste diente nur dazu, an die unteren Äste des Apfelbaums heranzukommen und gedankenlos ein paar Blätter abzureißen. »Eine Frau wie ich«, sagte sie knurrend, »wird weder wegen ihrer Persönlichkeit noch wegen ihrer äußeren

Erscheinung geliebt. Sie empfängt nichts, von niemandem.«

Isabelle schaute sie mutlos an. »Du idealisierst immerzu die Schönheit«, seufzte sie. »Wie kann ich dir deutlich machen, daß du dich täuschst?«

»Wie kann ich dir deutlich machen, was es bedeutet, häßlich zu sein!« rief Jeanne. Dann dämpfte sie ihre Stimme und sagte, während sie die abgerupften Blätter zerpflückte: »Tief im Innern des Menschen lebt noch immer die Idee, daß häßliche Menschen nichts taugen. Die Physiognomik, die bis in unser Jahrhundert als ernstzunehmende Wissenschaft ausgeübt wurde, lehrte, daß schöne Menschen gut und häßliche Menschen schlecht seien. In den Lehrbüchern sind Menschen mit einer hohen Stirn, einer schön geformten Nase und einem hübschen Mund abgebildet: Sie besitzen alle einen edlen Charakter. Dann kommen Abbildungen von Menschen mit einem Adlerprofil, einem niedrigen Haaransatz, zusammengewachsenen Augenbrauen, flacher Nase ... Menschen ohne Kinn: Sie sind gerissen, hinterhältig, eifersüchtig, dumm, unzuverlässig ... sogar kriminell ... Kennst du George Eliot?«

»Ist das nicht eine Schriftstellerin?«

»Sie war ziemlich häßlich. Eine Frau mit einem Pferdekopf, sagten ihre Zeitgenossen. Männer gingen mit ihr um, weil sie wissenschaftlich und philosophisch bewandert war. Sie war mit Herbert Spencer befreundet, einem bekannten Physiognomiker seiner Zeit. Er schrieb zwei Essays, um zu beweisen, daß Schönheit eng mit einem guten Charakter, mit intellektuellen und kulturellen Vorzügen verbunden sei. Diese Theorie illustrierte er mit den Porträts verschiedener Menschentypen. Unter den Beispielen der mit negativen Eigenschaften einhergehenden Häßlichkeit stieß George Eliot zu ihrem Entsetzen auf ihr eigenes Porträt.«

»Oh ... wie furchtbar«, flüsterte Isabelle.

»Sie muß einen tüchtigen Knacks abbekommen haben. Zur gleichen Zeit schrieb sie in einem ihrer Briefe: Ich bin eine abscheuliche Hexe ... fahl und verschrumpelt.«

Isabelle blickte bedrückt drein, endlich schien sie überzeugt zu sein. Einer der Hunde hatte im Schlaf seinen Kopf auf ihren Fuß gelegt; sie schien es nicht zu bemerken.

Jeanne pustete die zerrupften Blättchen aus der Hand und roch an ihren Fingern. Der zarte, leicht süßliche Geruch verstärkte die Zufriedenheit, die sie plötzlich empfand.

»Was du alles gelesen hast«, sagte Isabelle nachdenklich.

Jeanne zuckte die Achseln. »Für eine unattraktive Frau ist Wissen die einzige Rettung, die einzige Art und Weise, den physischen Begrenzungen, die das Dasein ihr auferlegt, zu entfliehen, der einzige Trost. Denk nur an George Eliot.« Sie reckte sich gähnend. »Ich habe Hunger, ich werde uns etwas zu essen machen.« Mühsam stand sie auf. Ihr Körper war schwer und unwillig von der Wärme und der Müdigkeit.

Als sie aus der Küche mit einem vollgepackten Tablett zurückkam – eine Flasche schwerer, fast schwarzer Wein, Brot, Käse, Johannisbeeren –, staunte sie darüber, daß der Hund seinen Kopf immer noch so zutraulich auf Isabelles Fuß gelegt hatte. Dadurch steigerte sich ihr Gefühl der Intimität, welches das gemeinsame Schutzsuchen vor der Hitze hervorrief.

Sie aßen und tranken schweigend. Kein Lüftchen regte sich, kein Vogel war zu hören, und die Stille drängte sich ihnen so heftig auf, daß sie beinahe sichtbar, greifbar wurde. Sie unterschied sich gänzlich von der Stille, die Jeanne bis dahin alleine erlebt hatte: Dies war eine friedliche, harmonische Stille zu zweit. Es schien, als lebten Isabelle und sie hier schon seit Jahr und Tag, als bildeten sie zusammen mit den Hunden ein vertrautes Vierergespann, das den Zeiten trotzte.

»Was für ein Idiot, dieser Spencer.« Isabelle wischte sich die Brotkrümel von den Lippen. »Gelehrte Theorien aufstellen und gleichzeitig blind sein für die Wirklichkeit um ihn herum.«

»Warum sollte er, nur weil er gelehrt ist, besser als andere Männer sein? Er ist doch genauso ein Sklave seiner Hormone.« Jeanne trank den Rest Wein in ihrem Glas in einem Zug aus. »Schon im sechzehnten Jahrhundert schrieb Firenzuola, daß sich ein Mann vergißt, wenn er ein schönes Gesicht sieht ..., daß all seine Glieder beben, daß sich ihm alle Haare sträuben und ihm der kalte Schweiß ausbricht.«

»Aber das ist doch keine Entschuldigung!« rief Isabelle. Der Klang ihrer Stimme trug nicht weit – er wurde von der Hitze absorbiert.

»Es befreit sie von ihrer Verantwortung«, sagte Jeanne mit ironischem Lächeln. »Der Mann als Opfer der Frau.«

Isabelle strich sich das Haar aus dem verschwitzten Gesicht, warf es mit einem Ruck ihres Kopfes zur Seite und begann, es mit zitternden Fingern zu flechten. Die Wirkung des Weines zeigte sich in der Glut auf ihren Wangen. »Darauf hat er sich auch immer berufen ...«, sagte sie und blickte stur vor sich hin.

Plötzlich hatte sie Ähnlichkeit mit einem kleinen Mädchen, das sich in einem großen Schrank versteckt hat und neurotisch mit seinem Haar spielt.

»Als ich drei Jahre alt war«, ihre Stimme klang monoton, »kam mein Vater bei einem Autounfall ums Leben. Ein paar Jahre später hat meine Mutter wieder geheiratet, einen Mann, den sie im Urlaub in Nizza kennengelernt hat. Er war so gut zu mir, daß ich ihn schon bald als meinen eigenen Vater betrachtete. Eines Tages – ich war gerade zwölf geworden – kam er in mein Schlafzimmer, um mich sexuell aufzuklären, wie er es nannte, bevor sich andere an mir vergreifen könnten ...«

Ein kurzes Zucken ging durch ihre Arme und Beine. Der Hund hob seinen Kopf und guckte unruhig zu ihr hinauf. »Er hat mich bis zu meinem sechzehnten Lebensjahr aufgeklärt. Ich kann nicht anders, sagte er immer, warum bist du nur so schön ... Meine Mutter wußte Bescheid, aber sie hielt den Mund. Schließlich bin ich von zu Hause weggelaufen ...«

Um Haltung zu zeigen, beugte sich Jeanne vor und füllte die Gläser nach. Ihre Eifersucht auf jeden, ob Frau oder Kind, der von jemandem – gleichgültig von wem – begehrt wurde, machte sie zu einer Außenstehenden für diese Problematik.

»Ich weiß nicht, warum ich dir das erzähle«, sagte Isabelle mit einem gequälten Lächeln. »Ich habe noch nie mit jemandem darüber gesprochen.«

Jeanne leerte rasch das Glas, um ein plötzlich aufkommendes Gefühl des Stolzes zu verbergen. Isabelle erzählte ihr das Intimste, das Schmerzlichste, über das sie noch nie mit jemandem gesprochen hatte! Sie, Jeanne Bitor, war Isabelles Vertraute!

Dem mußte sie etwas gegenüberstellen. »Meine Mutter starb an der Schwindsucht«, sagte sie. »Ich war vier. Danach ... mein Vater und meine Brüder behandelten mich wie einen Jungen. Als ich älter war, gingen wir zusammen auf die Jagd, spielten Billard ... wir rauchten Zigarren. Ich erinnere mich ...«, sie sah Isabelle flüchtig an, »daß ein Studienfreund eines meiner Brüder mal bei uns übernachtet hat. Ein sanftmütiger, schüchterner Junge mit dunklen Augen und dichten, schwarzen Haaren. Rémi hieß er, glaube ich. Ich wußte nicht, wie mir geschah. Männer, das waren mein Vater und meine Brüder. Aber dieser Junge ... Ich entdeckte das Verlangen, krank war ich vor Verlangen. Tag und Nacht kreisten alle meine Gedanken um ihn ... Ich glaubte verrückt zu werden, wenn ich ihn nicht wenigstens einmal berühren könnte ... Am Abend vor seiner Abreise erzählte er bei Tisch, daß er zur Fünfjahrfeier seiner Studentenverbindung wolle, aber keine Freundin habe, die er mitnehmen könne. ›Dann frag doch unsere Jeanne‹, sagte mein Bruder. Rémi guckte erschrocken in meine Richtung und verschluckte sich. Er verschluckte sich so sehr, daß sie ihm endlos lange auf den Rücken klopfen und Gläser mit Wasser anschleppen mußten, damit er wieder zu sich kam. Ich saß wie angegossen auf meinem Stuhl. Meine Häßlichkeit bringt noch jemanden um, dachte ich, ich habe den bösen Blick.«

Nach der Erinnerung an diesen Vorfall schweiften ihre Gedanken über unzählige ähnliche Ereignisse, die im Lauf der Jahre gefolgt waren. Sobald sie ihr Auge auf jemanden warf, machte er sich, als würde Cupido ihn mit giftigen Pfeilen beschießen, in Panik aus dem Staub. Früher glaubte man, daß die Milch sauer wurde, wenn eine Hexe in der Gegend war – genauso wurde es Männern schlecht, wenn Jeanne sich ihnen näherte. Sogar Babys begannen zu weinen, wenn sie sich interessiert über den Kinderwagen beugte. So war sie unfreiwillig eine Insel geworden, an der nie jemand anlegte. Eine Insel, über die man im Mittelalter gesagt hätte, daß diejenigen, die den Fuß an Land setzen, nie zurückkehrten.

»Später...«, sagte Isabelle, »hast du doch bestimmt andere Männer kennengelernt?«

»Du glaubst doch wohl nicht, daß ich immer noch Jungfrau bin...?« sagte Jeanne empört.

»Nein, nein...« Isabelle erhob beschwörend die Hände. »In dieser Zeit... wer ist denn da noch Jungfrau... ich meine...«

»Jungfrau... bin ich nicht mehr«, unterbrach Jeanne sie ungeduldig, »aber damit ist dann auch alles gesagt. Ein einziges Mal und noch dazu so armselig. Es war zu einer Obsession für mich geworden: Auf der Akademie brodelte es vor Erotik, jeder war in die eine oder andere Liebesgeschichte verwickelt. Und da saß ich als magere, früh gealterte Jungfrau dazwischen. Manchmal stand ich jemandem Modell, der die Schönheit der Häßlichkeit malen wollte – wie die Schönheit von runzligen Greisinnen oder von Ruinen.« Sie lachte bitter.

»Ich wollte und sollte es wissen, wie das ist mit einem Mann. Eines schönen Tages im Sommer ergab sich eine Gelegenheit. Ich schlenderte über den Flohmarkt, die Sonne stand schon tief. In einer Ecke breiteten Algerier und Schwarzafrikaner ihre Waren auf einem Teppich auf dem Boden aus: Uhren, Schmuck aus Elfenbein, Ledergürtel, Jacken. Dazwischen hockte ein alter, zerknitterter Mann, ein Franzose, auf einem Klappstuhl und döste vor sich hin. Vor ihm auf einem Stück braunem Samt stand ein ausgestopfter Purpurreiher. Ein prächtiges Exemplar, sorgfältig präpariert. Er glänzte, als ob er noch am Leben sei und gleich davonfliegen würde. Purpurreiher sind selten in unserem Land. Ich weckte den Mann und verhandelte mit ihm über den Preis. Wir kamen ins Gespräch. Ich erzählte ihm von meiner Leidenschaft für ausgestopfte Tiere und daß ich sie zeichnete. Danach klagte ich über die Hitze. Oh, dies sei doch gar nichts, verglichen mit der Hitze in Perpignan, sagte er, wo er gerade neun Wochen zugebracht hatte. Er hätte eine Tour-des-Veuves unternommen, wie er es nannte, eine Witwentour. »Witwen?« fragte ich. »Die Witwen meiner Freunde«, erklärte er. »Ich besuche sie jeden Sommer. Bei jeder bleibe ich drei Wochen: Die erste Woche muß ich mit ihr auf den Friedhof, um das Grab meines Freundes zu besuchen, die zweite Woche muß ich mir die Fotos der Kinder und Enkelkinder anschauen, und die dritte Woche muß ich mit ihr ins Bett.« Er grinste und fügte hinzu: »Die ersten zwei Wochen finde ich am schönsten.« Wir einigten uns über den Preis des Vogels. Er behauptete, zu Hause noch mehr zu haben, verschiedene Arten. Er faltete seinen kleinen Teppich zusammen; es wäre seine Zeit, etwas zu trinken, sagte er. Ich lud ihn ein, spendierte ihm danach noch ein Essen und ging mit ihm nach Hause wegen der Vögel. Ich kaufte noch einen und bezahlte ihn gut. Dann ... berührte er mich. Es geschah wie von selbst ... ich glaube, daß er es aus Mitleid oder Dankbarkeit getan hat ... aus Sympathie vielleicht.«

Jeanne nahm die Weinflasche und pulte am Etikett herum, statt sich nachzuschenken.

»Er machte das Licht aus ... ich stellte mir vor, daß ich mit einem anderen im Bett lag ... mit irgend jemand ... ich hatte genug Kandidaten. Später merkte ich, daß er sich in gleicher Weise eingebildet haben muß, neben einer schönen Frau zu liegen. Ob er nun mit der Witwe eines seiner Freunde im Bett lag oder mit einer abstoßenden jungen Frau: Er knipste das Licht aus und schaltete seine Phantasie ein. Dieser Gedanke hat mich schockiert. Wir machten es also beide mit jemand anders.« Bei dem Gedanken an diese paradoxe Art sublimierten Fremdgehens kam die Scham mit unverminderter Stärke zurück. Sie rieb sich übers Kinn und versuchte, das unappetitliche Bild, das sich trotz der damals herrschenden Dunkelheit kristallklar in ihr Gedächtnis eingeprägt hatte, von sich abzuschütteln.

»Damals habe ich beschlossen, nie mehr jemanden zu berühren, außer wenn es ihm wirklich um mich geht, und mir um ihn.«

Isabelle rückte mit dem Stuhl näher zu Jeanne heran und legte teilnahmsvoll eine Hand auf ihren Arm. Jeanne schmolz dahin. Wie lange war es her, daß jemand sie berührt hatte? Hatte ihr je eine Frau, außer in grauer Vorzeit ihre Mutter, ihre Zuneigung mit so einer Geste bezeugt? Bei diesem Kontakt von Haut zu Haut, feucht von der Hitze, strömte etwas von der einen Person in die andere. Der Panzer, mit dem sich Jeanne im Lauf der Jahre umgeben hatte, begann abzubröckeln; wenn Isabelle so weitermachte, würde er zu Staub zerfallen.

Einmal in Fahrt gekommen, kannte Jeannes Bedürfnis, ihr Herz auszuschütten, keine Grenzen mehr; soviel hatte sich im Lauf der Zeit aufgestaut. »Man sagt, daß es keine Tabus mehr gibt, doch eines der letzten ist die Häßlichkeit. Es gibt Vereine für dicke Menschen, für Liliputaner, für extrem große Menschen, für schüchterne Menschen, für Stotterer, für Leute mit einer Phobie... aber nicht für häßliche Menschen. Häßlichkeit ist nicht legitim. Wenn du laut sagst, daß du dich häßlich findest, wird sofort empört gerufen: Hauptsache, du bist nett. Die meisten Häßlichen nehmen sich diesen Rat zu Herzen: Sie geben sich übertrieben sympathisch oder erschöpfen sich in Witzen und dummen Sprüchen – so wie ein Blinder seine Hör- und Tastfähigkeit besonders entwickelt.«

Isabelles Hand, die sich noch nicht bewegt hatte, streichelte sie nun ermutigend.

»Laß uns tauschen«, schlug Jeanne übermütig vor. »Wenn du mir ein bißchen von deiner Schönheit gibst, gebe ich dir was von meiner Häßlichkeit.«

So ging dieser Tag in einer traulichen Stimmung vorüber. Wie alte Freundinnen saßen sie unterm Apfelbaum, die harten, grünen Äpfel hingen über ihren Köpfen. Jeanne in der weiten, unförmigen Hose und dem farbbespritzten Oberhemd, Isabelle im Sommerkleid, dessen ursprüngliches Blumenmuster sich unter dem Dreck verbarg. Die Sonne verschwand langsam hinter einem gelben feuchten Vorhang, die Vögel blieben stumm. Jeanne öffnete eine neue Flasche. Die Hunde strichen um Isabelles Beine; sie hatte den Mut, sie zu streicheln. Es war, als verkleinerte sich die Welt auf diesen einen behaglichen Flecken unterm

Apfelbaum, der nichts als Frieden bescherte, so lange man nicht von seinen Früchten aß.

Am Abend fiel es Jeanne schwer, Isabelle wie üblich in den Keller zurückzubringen. In Gesellschaft der Hunde, die gewohnheitshalber mitliefen, die Kellertreppen hinabzusteigen – welch ein peinliches, unwürdiges Schauspiel. »Morgen richte ich das Schlafzimmer meines Vaters für dich her«, sagte sie, während sie übereifrig die Strohballen zurechtlegte, als wolle sie sich entschuldigen.

Danach schlüpfte sie mit trägen Bewegungen in ihre Arbeitskleidung, ein blaugraues Waisenhauskleid, so neutral und unauffällig, daß jemand, der aus seiner Erinnerung etwas darüber hätte sagen sollen, keine Worte finden würde, es zu beschreiben.

Auf dem Weg zum La Truite Dorée ging sie in die plumpe Dorfkirche aus grauem Andesitgestein. Mit großen Schritten stiefelte sie durch den Mittelgang auf die schwarze Madonna zu, die sie, in weiße Spitzen und feine Stickereien gehüllt, mit einem unergründlichen, intensiven Blick zu sich lockte. Jeanne sah sich flüchtig um. Sie war allein. Dennoch beschlich sie das Gefühl, beobachtet zu werden. Waren nicht hinter den hohen Säulen, hinter den Samtvorhängen an den Beichtstühlen aus Eichenholz – bewegten sie sich nicht? – der Pfarrer, ja selbst seine Vorgänger... alle kirchlichen Würdenträger bis zurück ins Mittelalter? Sie zündete eine Kerze an und steckte sie auf den Ständer zu den anderen Kerzen, die ein mysteriöses Licht auf die Madonna warfen und den seltsamen Schatteneffekt auf dem schwarzen Gesicht zuwege brachten. Sie kniete nieder und schaute zur Madonna empor.

»Ich habe dich lange vernachlässigt«, flüsterte sie,

»ich war treulos, hochmütig, gleichgültig, hart ... und dennoch hast du mir in deiner Güte jemanden geschickt, der mir meine ... Menschlichkeit zurückgegeben hat. In den letzten dreißig Jahren habe ich mich nicht mehr so wohl gefühlt wie heute ... ich werde von neuen Eindrücken überflutet ... von Hoffnungen ... Erwartungen ... Nun wird alles anders! Du hast mir die Erkenntnis gebracht: Wenn jemand konsequent in Richtung Norden geht und ein anderer vom selben Ausgangspunkt konsequent in Richtung Süden, begegnen sie sich auf der anderen Seite der Erde und haben doch die Richtung nicht geändert ... genauso laufen schließlich die Leben von zwei Menschen, der eine extrem schön und der andere extrem häßlich, zusammen.«

Sie wartete noch einen Augenblick, außer Atem von ihrem leidenschaftlichen Geflüster. In das Gesicht der Madonna schien Bewegung zu kommen ... oder flakkerte nur eine Kerze? Ihre Züge wurden weicher, Jeanne faßte wieder Mut.

»Ich habe ... eine Bitte an dich ...«, sagte sie gehetzt, »lasse diese Frau immer bei mir bleiben ... lasse sie aus ihrem freien Willen bei mir im Haus wohnen. Ich gebe ihr die Hälfte des Hauses, des Grundstücks, ich gebe ihr ... alles. Wenn sie nur bei mir bleibt. Ich werde jeden Tag kommen und dir danken ... jeden Tag ... mein Leben lang ... das schwöre ich.«

10

Seine Unruhe trieb Bernard trotz des drohenden Gewitters aus dem Haus. Er ging über die Hauptstraße mit den gestutzten Platanen, dann am Fluß entlang, der, von derselben Unruhe besessen, mit weißen Schaumkronen unter der Brücke toste. Niemand war auf der Straße, nur eine schwarze Katze, die mit gestrecktem Schwanz kurz vor ihm über das Trottoir fegte. Bernard, der abergläubisch war und sich zugleich wegen dieser Spinnerei verachtete, flüchtete ins La Truite Dorée.

Dort waren wie immer die Stammgäste versammelt. Er setzte sich seufzend auf einen Hocker und bestellte einen Cognac. Mit seinen Nachforschungen war er nicht weitergekommen. Lustlos musterte er die Gesichter am Tresen. Waren sie nicht alle viel zu banal, zu phantasielos für einen Lustmord? Die Lust mochten sie zwar haben, aber der Mut eines Mörders... ließ er sich mit diesen schlichten Seelen vereinen? Und wenn sich ein Mörder unter ihnen aufhielte, könnte er dann Abend für Abend ruhig, als sei nichts geschehen, in der Kneipe mit seinen Dorfkumpanen plaudern?

Er wandte die Augen ab und schaute geradeaus, wo sein Blick zwischen den bunten Schnapsflaschen im Spiegel auf den eigenen dicken Kopf fiel, den Gipfel schlaffer Gutmütigkeit und Unfähigkeit. Ein Gesicht, von dem einem speiübel werden konnte. Ab und zu schob sich die lange, gebeugte Gestalt Jeanne Bitors vorüber. Er hatte das Gefühl, daß sie heute anders war. Lag es an ihren Bewegungen, an ihrem Gesichtsausdruck? Normalerweise konnte sie sich durch ihren geräuschlosen Gang, ihre Schweigsamkeit, Ausdruckslosigkeit und offensichtliche Blind- und Taubheit unsichtbar machen. Aber heute abend war sie wirklich anwesend. Sie hatte Farbe im Gesicht, ihre Augen glänzten hinter den Brillengläsern, sie nannte die Gäste bei ihrem Namen und servierte mit einer gewissen Eleganz. Bernard wurde sich plötzlich zu seinem Erstaunen gewahr, daß er noch nie auf die Idee gekommen war, sie auf Isabelle anzusprechen, obwohl sie doch im letzten Haus hinter Peyrol wohnte.

Er bestellte noch einen Cognac. Als sie ihm das Glas hinstellte, legte er seine Fingerspitzen auf ihr Handgelenk.

»Denkst du noch manchmal an Isabelle Amable?« sagte er und beugte sich vertraulich zu ihr vor.

Sie erstarrte unter seiner Berührung und schaute ihn verblüfft an.

»Du weißt schon«, sagte er. »Isabelle.«

Bei dem brüsken Versuch, den Arm wegzuziehen, stieß sie das Cognacglas um. Sie angelte sich einen Lappen und wischte mit eckigen Bewegungen die verschüttete Flüssigkeit auf.

»Sie ... Sie bekommen einen neuen«, stotterte sie. Mit zitternder Hand schenkte sie ihm ein.

»Ich denke noch oft an sie«, sagte Bernard lächelnd.

»Warum? Sie ... sie denkt doch auch nicht an Sie?« sagte Jeanne mürrisch.

»Du meinst ...«, Bernard nahm ein Schlückchen, um seine Verwirrung zu verbergen, »daß sie wahrscheinlich nicht mehr am Leben ist ... also überhaupt nicht mehr denken kann?«

Jeanne schaute ihn mit gerunzelten Augenbrauen an. »Gehen Sie davon aus, daß sie tot ist?«

»Alle ... alle gehen davon aus. Sie ist jetzt schon so lange verschwunden.«

Mit gespitzten Lippen starrte Jeanne auf sein Glas. »Ich finde das ein bißchen voreilig ...«

»Voreilig? Nach den ganzen vergeblichen Suchaktionen? Was könnte ihr sonst zugestoßen sein, als daß jemand sie umgebracht und eingebuddelt hat?«

»Meiner Meinung nach ...« Jeanne sah ihn mit einem komischen, schiefen Grinsen an. »Meiner Meinung nach ist sie einfach weggelaufen, in der Absicht, nie mehr von jemandem gefunden zu werden.«

Bernard schüttelte entschieden den Kopf. »Warum hätte sie das tun sollen? Dafür gab es doch gar keinen Grund!«

»Das glauben Sie doch selbst nicht, Monsieur Buffon!« Jeanne stützte sich auf die Ellbogen und beugte sich zu ihm vor. »Nach allem, was man ihr angetan hat!«

»Du glaubst doch nicht etwa, was in den Zeitungen steht?« sagte Bernard.

»Nein, nein, aber ich ... ich habe gehört ...«, stotterte sie.

»Was hast du gehört?«

»Sie hat ...« Jeanne blickte sich argwöhnisch um. »Sie hat soviel durchgemacht ... Seit ihrem zwölften Lebensjahr wurde sie ... von ihrem Stiefvater mißbraucht ... äh ... man sagt ... ihre Mutter hätte das gebilligt. Sie hat zwei furchtbare Ehen hinter sich ... Beim Film wurde sie nicht ernst genommen ... sie bekam nie eine seriöse Rolle ... sie ...«

»Wie kannst du so etwas behaupten!« Bei solchem

Unsinn, solchen widerlichen Verleumdungen gelang es Bernard nicht, sich an die Anstandsregel zu halten, jemandem nicht ins Wort zu fallen. »Sie hat gar keinen Stiefvater! Wie kommst du nur darauf! Ihr eigener Vater lebt noch, es geht ihm gut, und er ist immer noch mit ihrer Mutter verheiratet. Die Ehe ist glücklich! Isabelle kam in den Ferien nach Hause, um sich von ihnen verwöhnen zu lassen. Und was sagst du da über zwei gescheiterte Ehen? Sie war noch nie verheiratet ... nein, sie wollte in den nächsten Monaten heiraten! Sie hat einen untröstlichen Verlobten zurückgelassen!«

»Woher wollen Sie das wissen?« sagte Jeanne giftig. »Haben Sie sie denn so gut gekannt?«

Bernard schüttelte den Kopf. »Ihre Busenfreundin, Odile Sévérac, hat es mir erzählt. Die beiden sind immer miteinander in Kontakt geblieben ... seit ihrer Schulzeit.«

»Aber das ... das ist ganz unmöglich ...« Jeanne starrte ihn verblüfft an. Nervös zog sie ihre Finger lang. Bei diesem knackenden Geräusch liefen ihm kalte Schauer über den Rücken. Im Spiegel sah er zwischen den funkelnden Schnapsflaschen ihr armseliges Rattenschwänzchen; darunter ihren Rücken, der ihm auf einmal besonders krumm erschien, als bereite sie sich auf einen Sprung vor. Sie öffnete den Mund, er blickte direkt in die Ruinen ihres Gebisses. Als seine Augen ihrem wilden Blick begegneten, fuhr ihm der Schreck in die Glieder.

»Wissen Sie das genau?« sagte sie heiser.

Er nickte.

»Dann ... dann ...« Ihre Hand umklammerte ein leeres Bierglas, das sie gerade ausgespült hatte. Das

Blut wich aus ihrem Gesicht, das im Lampenlicht spitz und angespannt wirkte. Bernard hörte das Geräusch von zerspringendem Glas.

»Jeanne... Was machst du?«

Sie öffnete die Hand und starrte verwundert auf das strömende Blut. Die Stammgäste sahen in stiller Mißbilligung zu. Wie in Trance verschwand Jeanne hinter dem Samtvorhang, wo die Frau des Wirts abends vor dem Fernseher saß. Bernard hörte aufgeregte Schreie, Gestammel. Der inzwischen auch alarmierte Wirt tauchte hinter den Vorhang und kam kurz darauf mit einem sarkastischen Zug auf den Lippen zurück. »Mit Frauen ist auch immer was«, sagte er achselzuckend.

Entsetzt blickte Bernard in den Spiegel. Was war geschehen? Er hatte soeben ein Gespräch mit Jeanne Bitor geführt. Und was für ein Gespräch... einen schwierigen, bizarren Dialog. Irgendwann war etwas schiefgegangen, er versuchte, es zu rekonstruieren. Irgend etwas Wichtiges wurde gesagt, etwas, was alle Aufmerksamkeit verdiente, etwas, dessen Widerhall er in seinem Kopf hören konnte. Darin war Isabelle in Lebensgröße anwesend... er konnte sie sozusagen riechen, und er hatte den Eindruck, als hätte Jeanne diesen Geruch verbreitet.

Was hatte er in aller Unschuld bloß angerichtet? Diese Frage schwirrte ihm, angefeuert und aufgepeitscht von dem plötzlich hereinbrechenden Gewitter, durch den Kopf, bis ihm schwindlig wurde.

11

Wenn es in der Auvergne gewittert, hat es den Anschein, als ob die seit der Urzeit schlafenden Bergkuppen aus dem Schlummer geweckt werden und erneut rumorende, glühende Magmaherde werden. Das ganze Gebiet wird in seinen Grundfesten erschüttert, die Berggipfel leuchten makaber auf, der Donner rollt lange, ohne an Kraft einzubüßen, wie ein Kreisel zwischen den Berghängen hin und her. Ab und zu wird ein Baum vom Blitz getroffen: Von einer himmlischen Axt in zwei Teile gespalten, erwartet ihn die schizophrene Existenz zweier Hälften, die sich nie mehr vereinigen können.

Jeanne drückte die hastig verbundene und zur Faust geballte Hand an die Brust und schaute mit brennenden Augen auf den Fluß hinab, der in der Tiefe schäumte. Der prasselnde Regen schmerzte auf ihrer Kopfhaut. Schmelzen, zerschmelzen wie ein Schneemann im Frühling und vom Fluß mitgeführt werden! Wasser werden! Durch das rauschende Wasser strömten die Tränen ganz von allein aus ihren Augen, verbunden mit einem rauhen Wehklagen, das sich gegen ihren Willen aus ihrem gekrümmten Zwerchfell einen Weg nach draußen bahnte.

»Ich bin auf sie reingefallen«, wimmerte sie, »ich bin ihr auf den Leim gegangen... wie gutgläubig ich war... wie naiv... wie lächerlich ich mich gemacht habe... mein ganzes Leben... rücksichtslos...« Ihre Stimme verlor sich im Schmelztiegel der Geräusche. Ungestört konnte sie ihr verwundetes Herz ausschütten, das Gefühl völliger Verlassenheit hinausschreien, an das sie sich aus der Zeit, als ihre Mutter gestorben war, diffus erinnerte. Durch den Tränenschleier sah sie ein schemenhaftes Erinnerungsbild: Ein kleines, schreiendes, um sich schlagendes und tretendes Mädchen – sie hielten sie an Händen und Füßen fest, um sie zu beruhigen. Aber schon damals konnte sie nichts und niemand von dem Bewußtsein heilen, daß sie für immer allein in der Welt stehen würde – daß es nie mehr jemanden geben würde, der sie genauso liebte wie sich selbst. Später war ihr Kummer in Wut umgeschlagen: Ihre Mutter hatte sie gemein im Stich gelassen! Von ihrem komfortablen Ruheort im Himmel guckte sie auf ihre Tochter herab, ohne einen Finger zu krümmen.

Auch jetzt verwandelte sich ihre Verzweiflung langsam in Wut. So fand sie wieder zu sich selbst, denn mit der Wut war sie im Lauf der Jahre vertraut geworden, die Wut war die einzige Gefährtin, auf die sie zählen konnte und die fast nie von ihrer Seite wich. Dieses Gewitter – hatte Gott es nicht genau im richtigen Moment speziell für sie arrangiert, um alle Lügen, jede Falschheit und Unaufrichtigkeit fortzuspülen? Was blieb, war nur die harte, traurige Wahrheit, eine Wahrheit ohne sentimentale Gefühle, eine Wahrheit, die verlangte, daß man mit beiden Beinen im Leben stand. Sie hob den Kopf und setzte die Brille ab, damit der Regen ihr brennendes Gesicht kühlen konnte. Sie blieb noch eine Zeitlang in der stillen Hoffnung stehen, daß der Blitz sie als eine lohnende Zielscheibe betrachten würde. Aber selbst der mochte sie nicht. Schließlich kehrte sie dem Fluß den Rücken und schleppte sich, durchnäßt wie ein ins Wasser gesprungener Hund, langsam nach Hause.

Aber in der Nacht, als das Gewitter vorbei war und es nur noch mit dumpfer Gleichmäßigkeit regnete, wurde sie von schauderhaften Gedanken am Schlaf gehindert. Eins war sicher: Es bedurfte nun verschärfter Selbstdisziplin, um das Bild zu beenden und, als Abschluß der Serie, den letzten Teil des Triptychons. Sie mußte ein härteres Regiment führen. Aber wie weit konnte sie gehen? Darüber hatte sie sich noch keine genauen Gedanken gemacht. Der Prozeß der Vergänglichkeit hatte immer im Mittelpunkt gestanden. Wie weit konnte sie ihn durchführen... bis über die Grenzen des Todes hinaus? Was hatte ihr vorgeschwebt, als sie beschloß, Isabelle als Modell zu nehmen? Hatte sie nicht gedacht: Wenn ich ihr fast nichts zu essen gebe, wird sie beinahe unmerklich immer weniger lebendig und mehr... tot? Ein Prozeß, an dem niemand schuld war – er würde sich in ihrem Körper wie etwas Selbstverständliches und Unvermeidliches vollziehen. Jeannes einzige Aufgabe wäre es, diesen Prozeß festzuhalten.

Sie sagte sich: Vor Hunger sterben ist nichts Besonderes. Jedes Jahr kommen Millionen Menschen an Nahrungsmangel um, Menschen, die nicht wie Isabelle ein erfolgreiches Leben hinter sich hatten, sondern ein Dasein, das nur aus Krankheit und Armut bestand. Soll ich etwa Mitleid mit ihr haben? Außerdem: Niemand würde sie vermissen – jeder betrachtet sie als verloren.

In der Morgendämmerung stand sie auf, schlüpfte in ihren Morgenmantel und schlurfte müde in das Zimmer mit den ausgestopften Tieren. Sie knipste das Licht an, setzte sich auf den Billardtisch und überblickte mit halb zugekniffenen Augen ihr der Vergänglichkeit gewidmetes Werk. All diese Pflanzen und Tiere, der passiven Aktivität des Verschwindens für immer preisgegeben... ihr fehlte nur noch ein Mensch. Plötzlich wünschte sie sich brennend, die ganze Aufgabe schon hinter sich zu haben, damit wieder Ruhe einkehren konnte. Was für ein ruhig dahinplätscherndes Leben hatte sie bis vor kurzem geführt – von nichts und niemandem daran gehindert. Mit Isabelle hatte sie sich unsinnige Spannungen in ihr Leben geholt. Die menschliche Existenz, so las sie einst in ihrem Wissensdurst bei Schopenhauer, bewegt sich fortwährend zwischen den beiden Polen Schmerz und Langeweile. Wie sehr sie die Langeweile dem Schmerz vorzog!

Erschöpft von der ganzen Denkarbeit sank sie auf den Tisch zwischen die bunten Billardkugeln und fiel in einen unruhigen Halbschlaf. Aber schon bald schreckte sie von einem Zucken ihres Körpers hoch, das die Kugeln ins Rollen brachte, bis sie mit einem hölzernen Klick gegeneinander wieder zum Stillstand kamen. Stöhnend stand sie auf und rieb sich den Schlaf aus den Augen. Sie rutschte vom Billardtisch und verließ auf wackligen Beinen den Raum. Es hatte keinen Sinn mehr, noch ins Bett zu gehen. Sie schlurfte in die Küche, schürte das Herdfeuer und stellte einen Kessel Wasser auf.

Nach drei Tassen starken Kaffees war ihre Wut wieder voll entbrannt. Sie kleidete sich rasch an, ließ die Hunde aus dem Zwinger und knallte ihnen die gefüllten Freßnäpfe auf den Boden. Ungeduldig wartete sie, bis sie mit dem Fressen fertig waren. Dann füllte sie mit zitternder Hand einen Becher mit Wasser und begab sich mit ihrem Gefolge in den Keller.

»Aufstehen!« brüllte sie schon auf der Treppe. »An die Arbeit!«

Isabelle reckte sich. »Täusche ich mich, oder ist es wirklich noch wahnsinnig früh...«, sagte sie gähnend.

»Es ist sieben Uhr«, schnaubte Jeanne. »In den letzten Tagen haben wir viel Zeit verbummelt. Das werden wir jetzt nachholen.«

Isabelle blickte sie verwundert an. Die Prinzessin mit Augen wie Porzellantäßchen, dachte Jeanne grimmig, wir werden ihr zeigen, daß sich die Zeiten geändert haben. Sie drückte Isabelle den Becher in die Hand und wartete unten an der Treppe wie eine Gefängniswärterin, die Hände in die Seiten gestemmt. Aber während sie Isabelle betrachtete, krampfte sich ihr Herz zusammen. Ihre gerade erwachten Gefühle für das Mädchen ließen sich nicht wie ein Lichtschalter ausknipsen. In der Theorie hartherzige Maßnahmen zu ergreifen, war nicht schwer, in der Wirklichkeit jedoch wurde ihre Entschiedenheit durch unvorhergesehene Gefühle getrübt. Sie mußte jetzt hart bleiben!

»Was... was ist passiert?« sagte Isabelle zaghaft. »Du bist so... so merkwürdig...«

»Ich? Merkwürdig?« Jeanne lachte zynisch. »Du hast keine Ahnung, wie merkwürdig ich wirklich bin. Was du bis jetzt erlebt hast, war nur ein kleiner Vorgeschmack... Ab sofort werden wir arbeiten, knallhart arbeiten, bis einer von uns dabei umfällt. Also... beeile dich, bitte.«

»Habe ich etwas... Falsches gesagt? Habe ich etwas verbrochen?« fragte Isabelle jammernd. Nervös trank sie den Becher aus.

»Ach was, wie kommst du darauf. Was du sagst oder tust, ist völlig schnurz.« Kaltherzig drehte Jeanne sich um. Sie schnippte mit den Fingern und ging die Treppe hinauf. Isabelle folgte ihr mit gesenktem Kopf.

Verbissen machte sich Jeanne an die Arbeit. Schlafmangel und Spannungen verursachten ein benommenes, stechendes, an Schmerz grenzendes Gefühl im Kopf, in dem ihre Gedanken und Gefühle verrückt spielten. Mit quälender Regelmäßigkeit kehrte das Bild von Isabelle und ihr unterm Apfelbaum wieder zurück. Da war sie... man könnte sagen... glücklich. Daß dieses Glück unberechtigt war, weil es auf dem unaufrichtigen Verhalten der anderen beruhte, zerstörte doch nicht die Erinnerung an das Glücksgefühl: Der Moment selbst ließ sich nicht mehr rückgängig machen. Wie viele Menschen waren aufgrund falscher Voraussetzungen glücklich, ohne es zu wissen?

Um die Mittagsstunde fragte Isabelle mit niedergeschlagenen Augen: »Darf ich vielleicht etwas... essen?«

»Essen?« Jeanne richtete einen Pinsel auf sie, als wollte sie sie unter Beschuß nehmen. »Vorläufig wird nichts mehr gegessen.«

Isabelle schoß aus ihrer Pose hoch. »Nein... nicht schon wieder... ich muß doch essen! Ohne... ohne Essen schaffe ich es nicht...«

Jeanne schluckte. Das Herz schlug ihr im Hals. Dieser Moment war entscheidend, jetzt durfte sie nicht nachgeben. Kein Wasser in den Wein gießen. Eine Umkehr war nicht möglich – sie mußte von ihrer schwarzen Fliese aus gewinnen.

»Du hast meinen Plan sehr gut verstanden«, sagte sie in einem unerträglich ruhigen Ton. »Du hast meine

Bilder gesehen und deine Schlußfolgerungen daraus gezogen... Jammere jetzt nicht, damit machst du es für uns beide nur noch schwerer.«

»Aber...!« Isabelle verlor die Selbstbeherrschung. Auf allen vieren kroch sie vom Podest herunter zu Jeanne. Sie umklammerte ihre Beine und richtete sich flehend auf.

»Das kann doch nicht dein Ernst sein... das kannst du nicht machen... für ein Bild... ein Bild... Ich will mich nicht für ein Bild aufopfern!« Weinend drückte sie ihr Gesicht an Jeannes Hosenbeine, die unter der Berührung erstarrte. Einen Augenblick verspürte sie die Regung, sich zu bücken und Isabelle zu trösten und zu beruhigen, damit die verzweifelte Umklammerung ihrer Beine ein Ende nähme. Aber wieder hörte sie die warnende Stimme: Laß dich nicht an der Nase herumführen. Eine hervorragende Schauspielerin wirft sich da zu deinen Füßen!

»Hör auf«, sagte sie schroff und beugte sich vor, um sich von Isabelles Händen zu befreien. Ihre Finger mit Gewalt lösend, sagte sie bissig: »Muß ich erst die Hunde rufen?«

Endlich ergab sich Isabelle. Erschöpft schleppte sie sich wieder zum Podest, auf das Kanapee. Zitternd, mit angespanntem, verweintem Gesicht nahm sie ihre alte Pose ein.

Äußerlich unberührt machte sich Jeanne erneut an die Arbeit. Aber unter ihrer stoischen Kälte, ihrem unumstößlichen Vorsatz, das ganze Unternehmen so schnell wie möglich zu beenden, wühlte die schmerzliche Erkenntnis des Verlustes: Sie hatte etwas Unentbehrliches gefunden und es sofort wieder verloren. Merkwürdigerweise schien es nicht Isabelle zu sein, an der der Tod schnupperte, sondern sie selbst; in ihr erstarb langsam etwas, noch bevor es sich als lebensfähig erweisen konnte.

12

In dieser Nacht schlief Jeanne aus Erschöpfung durch. Alles um sie herum versank in Vergessenheit, und sie ragte hoch über das irdische Jammertal hinaus.

Als sie aufstand und das Nachthemd auszog, musterte sie im Vorbeigehen ihren nackten Körper im verwitterten, halb aus den Scharnieren hängenden dreiteiligen Spiegel über dem Toilettentisch. Die grelle Morgensonne schien schonungslos auf ihre blasse Haut. Sie betrachtete sich von vorn, von der Seite, von hinten. Seit Jahren hatte sie ihr Ebenbild nicht mehr unbekleidet im Spiegel gesehen. Unwillkürlich legte sie die Blaupause von Isabelles Körper darüber. Wir werden nackt geboren, dachte sie, was für gewaltige Folgen hat die Form des Materials, aus dem wir gemacht werden... Welch eine stumpfsinnige Willkür. Wäre ich doch nur schon alt: grau, runzlig, zahnlos. Im Alter sind wir alle gleich.

Dieses Gestell im Spiegel, wie komisch, daß sie das war. Es hatte so wenig mit dem zu tun, was sie als ihr Ich betrachtete. Isabelles Körper war ihr tausendmal vertrauter. Bizarr, diese langen knochigen Arme und Beine, der dünne Rumpf, das Fragezeichen, das Kopf, Hals und Rücken zusammen bildeten. Alles war überproportional und gegen die Regeln des Goldenen Schnitts. Was war das für ein Pfuscher, der sie entworfen hatte!

Sie wandte sich vom Spiegel ab und zog sich an. Während des Frühstücks und beim Füttern der Hunde sah sie noch immer durch die Flecken und Verzerrungen des Spiegelglases ihr schemenhaftes Ebenbild vor sich, bedauernswert und ärgerlich zugleich. Sie wollte es von sich abschütteln, aber es starrte sie an, als erwarte es von ihr eine Antwort. Weil sie wußte, daß sie dieses Bild nur in den Hintergrund drängen konnte, wenn sie den anderen Körper davorschob, ging sie schließlich in den Keller.

Die Hunde rannten so stürmisch die Treppen hinunter, daß sie fast umgeworfen wurde. Auf der untersten Stufe blieb sie abrupt stehen. Das Bett aus Stroh war leer. Im selben Moment bellten die Hunde in alarmierendem, sonorem Ton. Sie standen auf den Hinterbeinen und schnupperten an zwei baumelnden nackten Füßen, die blaß im Halbdunkel aufleuchteten. Jeanne umklammerte das Treppengeländer. In ihrem Bauch nistete sich ein flaues, Übelkeit erzeugendes Gefühl ein, das sie schwindlig machte. Zugleich registrierten ihre Augen mit kaltblütiger Objektivität, daß Isabelle dort, durch die Berührung der Hunde leicht hin und her schaukelnd, mit gebrochenem Genick in einer improvisierten Schlinge hing. Der Strick war an einem Haken in der Decke befestigt, an dem früher geräucherte Schinken und Würste hingen. Neben ihr stand ein Stapel Strohballen, von dem sie heruntergesprungen sein mußte. In ihrer Ausgelassenheit über den ungewöhnlichen Fund stießen die Hunde ihn um, so daß die Ballen mit einem dumpfen Knall auf den Boden fielen.

Jeanne griff sich an den Hals. Der muffige Geruch im Keller, den sie sonst begierig einatmete – der Geruch von feuchter Erde, nassem Basalt, toten Mäusen – gab ihr nun das Gefühl, zu ersticken. Sie drehte sich um, rannte die Treppe hinauf, stolperte, fing sich wieder, rannte durch den Gang, durch die Küche, aus dem Haus... alles ohne Luft zu holen, als säße ihr ein Monster auf den Fersen. Erst als sie draußen war, wagte sie es, mit geblähten Nasenflügeln tief einzuatmen. Sie fiel in einen der Gartenstühle und zog nervös an ihren Fingerknöcheln.

Die unterschiedlichsten Gefühle ergriffen von ihr Besitz – sie wußte nicht, in welche Richtung sie fliehen sollte. Sie wollte lachen, sie wollte weinen, sie wollte schreien, doch statt dessen versuchte sie, einen Finger nach dem anderen aus seiner Umhüllung zu ziehen.

Wie konnte dies, während sie schlief, unter dem gleichen Dach geschehen, ohne daß sie ein Vorgefühl hatte? Sie versuchte, sich Isabelle vorzustellen, wie sie auf die Strohballen kletterte, den Strick am Haken befestigte, die Schlinge knüpfte. Was hat sie sich dabei gedacht? Warum hat sie das getan? Aus Eitelkeit, um den Prozeß des Verfalls nicht mitmachen zu müssen... aus Rache, um Jeannes künstlerische Pläne zu durchkreuzen... oder aus Verzweiflung... aus Angst?

Plötzlich wurde Jeanne von einem wiehernden Lachen überwältigt, das ihre Zehen krümmte: Was für ein idiotischer Anblick – da hing sie, eine der beliebtesten Filmschauspielerinnen des Landes, wie in einem zweitklassigen Western. Wo blieb der Sheriff? Sie lachte und lachte, bis sie fast erstickte, ein hysterisches Lachen mit langgezogenen Schreien, bei dem ihr die Tränen über die Wangen liefen. Ein Apfel, der vom Baum direkt in ihren Schoß fiel, schürte ihr Lachen bis ins Unerträgliche. Sie stand auf und riß aufs Geratewohl die harten, grünen Äpfel von den unteren Ästen, manche mitsamt den Zweigen. Wie eine Wahnsinnige sprang sie im Kreis herum, bis das Gras unter den Bäumen mit Äpfeln, Ästen und Blättern bedeckt war. Von einem Moment zum anderen jedoch fiel sie, an plötzlich aufflammendem Verdruß leidend, erschöpft ins Gras und stierte auf den Stuhl, auf dem Isabelle noch vor wenigen Tagen wie eine alte Freundin gesessen hatte. Ein Gefühl des unersetzlichen Verlustes wühlte sie auf und zerrte an ihren Nerven. »Ich wollte doch nur sehen, wie sie ganz, ganz langsam häßlich wird«, murmelte sie.

Aus dem linken Augenwinkel heraus sah sie die Hunde kommen. Unbelästigt von sentimentalen Gefühlen über ihre makabre Entdeckung sprangen sie munter in den Garten und verschwanden zwischen den Sträuchern. Jeanne schüttelte den Kopf, um das trostlose Bild von Isabelles schlaffem Körper loszuwerden, das sich schon in ihr festgesetzt hatte. Sie biß sich auf die Fingerknöchel. Noch nie hatte sie sich so im wahrsten Sinn des Wortes verlassen gefühlt – so von allen im Stich gelassen... und diesmal zu Recht, nicht wegen ihrer abstoßenden Gestalt, sondern wegen ihres verwerflichen Charakters. Wäre ich doch nie geboren worden, jammerte sie und wiegte den Oberkörper hin und her.

Sie werden kommen und mich abholen, dachte sie plötzlich. Sie fuhr hoch und spitzte die Ohren. Und tatsächlich... in der Ferne hörte sie Motorengeräusche... trampelnde Hufe auf der Straße... sie spürte die Heimlichkeit einer geräuschlosen Umzingelung...

Sollte sie hier geduldig warten, bis man sie aus dem Gras wegtrug? In einem kurzen, schwachen Moment erwog sie, die Zügel ihres Lebens loszulassen, den tödlich ermüdenden Galopp zu beenden und sich zu ergeben ... nicht länger entscheiden zu müssen, wohin und wie. Aber diesen verlockenden Gedanken schüttelte sie sofort von sich ab. Sie sprang auf. Niemand würde über ihr Schicksal entscheiden!

Mit zusammengepreßten Lippen ging sie ins Haus. Ohne noch einen Moment zu zögern – als würde sie von einem tyrannischen Gehirn ferngesteuert –, stieß sie die Tür des Ateliers auf, ging hinein, nahm die Porträts von Isabelle im Maßstab 1 : 1 und zog sie hinter sich her in den Garten. Mit verdorrten Ästen, die sie von den verwahrlosten Sträuchern abriß, machte sie ein tüchtiges Feuer, in das sie die Bilder stellte, die sie so gegeneinanderlehnte, daß die Bildseiten nach außen zeigten. Das Feuer verbreitete eine so große Hitze, daß sie einen Schritt zurücktreten mußte. Breitbeinig, die Hände in die Hüften gestemmt, blickte sie auf die lodernden Flammen, die an Isabelle züngelten. Beim Schmelzen der Farbe wurde sie noch einmal lebendig. Die blaßblaue Haut bekam ein warmes Rosa und glänzte samten, die Mundwinkel kräuselten sich verlockend und geheimnisvoll, die Augen bekamen eine träumerische Intensität.

Entzückt und verblüfft schaute Jeanne zu. Das Gemälde erlebte einen Moment höchster Schönheit, einer Schönheit, die nicht ihrem Können zu verdanken war, sondern gegen ihren Willen entstand und die sie aus eigener Kraft nie hätte erreichen können. Lag es daran, daß sie immer den Tod gemalt hatte, weil sie selbst im Lebendigen das Tote so gut getroffen hatte? Wenn es die Essenz der Kunst wäre, etwas vom Leben einzufangen, einen fast ungreifbaren Moment in der ewig weitergehenden Bewegung, dann hätte sie sich die ganze Zeit auf der falschen Spur befunden.

Ich habe auf der ganzen Linie versagt, dachte sie, als Frau, als Mensch, als Künstlerin. Sie sah zu, wie die Bilder vom Feuer langsam verzehrt wurden und sah darin auch ihr Leben verkohlen, zu Asche werden. Das Auf und Ab, die fortwährenden verzweifelten Versuche, das hartnäckige Streben – es hatte nur zu diesem Augenblick geführt, der enthüllte, daß es zu nichts geführt hatte.

Eine grimmige Freude kam über sie. Mit einem langen, gegabelten Ast schürte sie das Feuer. Ha, die Flammen! Hier brannten die Jahre, die hinter ihr lagen, ihre ganze Existenz, was für ein Ausverkauf! Sie drehte sich um und blickte mit einer Hand vor den Augen gegen die Sonne auf das Haus, das sie schweigend beobachtete. Sie könnte auch das Haus ... Aber die Erinnerung an ihre Vorfahren, die darin gewohnt und geschuftet hatten, denen es gewissermaßen immer noch gehörte, hielt sie davon ab. Sie hatte den Eindruck, als ob sie in posthumem Protest murmelnd ihre Stimmen erhoben.

Ich will weg, dachte sie. Sie warf einen letzten Blick auf das Feuer und ging auf dem Weg, in dem sich die Schleifspur der Bilder eingegraben hatte, ins Haus. In der Küche packte sie willkürlich einige Lebensmittel zusammen und stopfte sie in einen alten Rucksack, im Flur nahm sie eine Windjacke vom Haken. Noch immer meinte sie das Getrampel der Hufe zu hören, das wie ein sich näherndes Gewitter unter ihrer Schädeldecke dröhnte. Gehetzt sah sie sich um, das Haus blickte nichtssagend zurück, als hätte es nie eine Beziehung zu ihr gehabt. Häuser waren wie Huren, sie verkauften sich dem, der sie haben wollte.

Die Hunde! Sie ging hinaus und suchte mit den Augen vergeblich die Wiese ab. Was könnte sie noch für sie tun? Nichts. Sie werden sich schon durchschlagen, jemand wird sich ihrer annehmen. Ohne sie würden sie es, bei Lichte besehen, vielleicht sogar besser haben.

Sie zog die Küchentür hinter sich zu, ging um das Haus herum und machte sich auf den Weg. Ohne sich noch einmal umzusehen, lief sie mit energischen Schritten bergauf, durch den Kastanienwald, über die mit Moos und Farnen bewachsene Brücke. Im Vorbeigehen warf sie einen uninteressierten Blick auf den Bach und in die Richtung der Stelle, wo alles angefangen hatte. Sie lief in strammem Tempo weiter, zuerst in die Richtung des Plomb du Cantal, entschied sich aber weiter oben intuitiv für den Puy Griou. Sie folgte dem Weg zum Gipfel, der sich zwischen majestätischen Nadelbäumen schlängelte. Sie ging an wiederkäuenden gelben Kühen vorbei, die sie in stumpfsinniger Hingabe anglotzten, sie warf unstete Blicke auf die atemberaubenden Panoramen zu beiden Seiten des Weges. Als sie sich dem Gipfel näherte, wurde es neblig, und ein heftiger, kalter Wind kam auf. Sie zitterte und zog ihre Jacke an.

13

An seinem freien Samstag machte sich Bernard in aller Frühe auf den Weg zum Anwesen von Jeanne Bitor. Abgesehen von dem Ziel, das er vor Augen hatte, war es eine angenehme Wanderung. In den Tautropfen auf den Sträuchern am Wege glitzerte das Sonnenlicht, die Nacht löste sich in einem nach Laub duftenden Dunst auf. Sogar der steile Weg machte ihm nichts aus – zu einer wärmeren Tageszeit hätten ihm bei dem Versuch, sein Gewicht bergauf zu schleppen, wie gewöhnlich Atemnot und hin und her schießende Lichtflecken, die sein Blickfeld durchkreuzten, zu schaffen gemacht.

Als er das Gehöft erreichte, fühlte er sich noch genauso energiegeladen wie zu dem Zeitpunkt, als er aus dem Bett gestiegen war. Auf leisen Sohlen schlich er ums Haus. Die Fensterläden an der Straßenseite waren geschlossen, was dem Haus ein unzugängliches und feindliches Aussehen gab. Vorsichtig bewegte er sich zur Seitenfront des Hofes und ging gebückt durch hohes, verwildertes Gras. Seine Hand berührte Brennesseln, er blieb stehen, um in die brennende Stelle zu beißen. Wie wollte er eigentlich vorgehen? Darüber hatte er noch keinen Moment nachgedacht. Er folgte spontan seiner Intuition, die ihm eingab, sich einmal bei Jeanne Bitor umzusehen.

Während er so dastand und die Augen über den verwahrlosten Garten schweifen ließ, der dringend nach einer Sichel verlangte, fiel sein Blick auf etwas Rotes, das sich halb unter den Blättern eines hochgeschossenen Rosenstrauchs verbarg. Er bückte sich und schob die stachligen Zweige beiseite. Als er sich wieder aufrichtete, hielt er einen Schuh in der Hand. Grübelnd betrachtete er die fragile Konstruktion: ein dünner, hoher Absatz, ein schmales Riemchen für die Ferse, weiches Leder. Ganz allmählich legte sich das Bild Isabelles darüber, wie sie Gaspard Peyrol am Tag ihres Verschwindens gesehen hatte, eine Beschreibung, die damals in allen Zeitungen stand. Das mußte das Schühchen sein, über das Peyrol so verwundert war und sich gefragt hatte, wie man damit auf Berge klettern konnte.

Bernard bückte sich erneut und fand in einer feuchten Mulde hinter dem Rosenstrauch auch den zweiten Schuh. Dabei entdeckte er einen Lüftungsrost. Um hineinschauen zu können, mußte er sich mit seiner ganzen Leibesfülle flach auf den Boden legen. Unter ihm knackten Äste. Er hielt sein Gesicht ganz nah an das Gitter, sah dahinter aber nur Finsternis. Mühsam richtete er sich auf. Während er sich mit der Hand nachdenklich über den Kopf strich, beschlich ihn ein ärgerliches Gefühl. Das war zu schön, um wahr zu sein! Einen Schuh könnte man unterwegs verloren haben, aber zwei Schuhe ordentlich nebeneinander, dazu bedurfte es einer menschlichen Hand. Das roch schon verdammt nach einer vielleicht extra für ihn arrangierten Spur. Lächerlich, ein Paar Schuhe ordentlich nebeneinander, wie im Schaufenster eines Schuhgeschäfts. Er sollte sich lieber so schnell wie möglich aus dem Staub machen!

Aber statt dessen hob er die Schuhe an den Riemchen in Augenhöhe, starrte sie erneut an und roch daran. Ein Gefühl des Verlustes überkam ihn. Sie hatten ihren Körper getragen. In seiner Phantasie stiegen aus den Schuhen ihre Beine auf... der Po, der Bauch, die Taille. Er hielt den Atem an: Es war fast eine perverse Tat, Isabelle inklusive ihrer intimsten Körperteile anhand ihrer Schuhe neu zu erschaffen. Dennoch nahm seine Phantasie ihren Lauf, bis er ihre ganze Gestalt in schwindelerregender Anmut vor sich sah. Er stellte die Schuhe schüchtern wieder ins Gras, nahm die Brille ab und massierte sich mit Daumen und Zeigefinger den Nasenrücken. In blinder Leidenschaft setzte er seine Erkundungen durch das mannshohe Unkraut fort.

An der Ecke des Hauses hatte er freie Sicht auf den sich dahinter erstreckenden Garten, der unmerklich in die ihn umgebende Landschaft überging. Er erstarrte. Mitten auf der Wiese stand Jeanne Bitor vor einem hoch auflodernden Feuer. Auf ihrem sonst so grauen Gesicht lag eine rosarote Glut. Sie schürte das Feuer und stellte zwei große, rechteckige Gegenstände hinein. Dies war eine völlig andere Frau als die, die er aus dem La Truite Dorée als ein scheues, einsilbiges, früh gealtertes Wesen kannte: Energisch, mit nahezu männlicher Tatkraft brach sie Äste entzwei und warf sie ins knisternde Feuer. Wie ein Buschneger bei einem Rundtanz sprang sie ums Feuer herum, schürte es von der einen Seite, schleppte von der anderen Seite neues Brennmaterial heran. Aber plötzlich blieb sie stehen und starrte hingebungsvoll in die Flammen, als ob sich ihr der Feuergott nach langem Flehen endlich offenbarte.

Bernard begriff, daß er sich in dieser verblüffenden, furchterregenden Darstellung nicht verlieren durfte: Das war eine einzigartige Gelegenheit, Jeannes Haus zu durchsuchen. Er wandte den Blick nicht von ihr ab und schlich sich zur Küchentür. Zu seiner Verwunderung befand er sich kurz darauf in einer Küche aus dem Anfang dieses Jahrhunderts, wie er sie von seiner Großmutter her kannte. Ein großer Kochherd, der noch mit Holz geheizt werden mußte, eine kupferne Pumpe, eine Petroleumlampe, ein Tellerregal, schwere schmiedeeiserne Pfannen und Töpfe. Warum ignorierte Jeanne den modernen Komfort? Er ging auf den Gang hinaus, machte Türen auf und zu, warf flüchtige Blicke in die Zimmer und betrachtete mit leichtem Schaudern ihre Gemälde und die ausgestopften Tiere. Er empfand eine große Kaltblütigkeit; er wollte sich nicht von dem Gedanken, jeden Moment bei seinen Erkundungen gestört werden zu können, hetzen lassen.

Schließlich öffnete er die Kellertür. Ohne zu zögern stieg er die Treppe hinunter; auf halbem Wege fiel sein Blick auf den Lüftungsrost, wo er seinen merkwürdigen Fund gemacht hatte. Er kniff die kurzsichtigen Augen zu und tastete den Raum ab. Er sah alte Gartengeräte, Einweckgläser, Strohballen, verrostete Töpfe auf einem Brett, eine Ansammlung alter, aneinandergelehnter Türen. Er sah Isabelle.

Er nahm die Brille von der Nase und setzte sie wieder auf. Sein Mund wurde trocken, er schluckte. Die Dunkelheit im Keller umschloß ihn, die dumpfe Atmosphäre drückte ihn nieder, als befände er sich meilentief unter dem Meeresspiegel. Er konnte sich nicht bewegen. Er befand sich in einem Dilemma: Er konnte sie nicht berühren, aber auch nicht weglaufen.

Dann bewegte sich ihre Hand. Diese Hand machte eine langsame, winkende Gebärde, als würde sie unabhängig vom Körper ein eigenes Leben führen. Dieses stille, fast unmerkliche Winken versetzte ihn schockartig in den regelmäßig wiederkehrenden Traum aus seiner Jugend, in dem die Marienfigur in der Kirche plötzlich lebendig wurde. Sie winkte ihm heimlich mit beiden Händen, ihre Lippen bewegten sich, ein Lufthauch wehte durch die Falten ihres Schleiers und Umhangs. Er war ganz allein mit ihr in einer Atmosphäre von Heimlichkeit und Intimität.

Genau wie in diesem Traum rannte er nicht erschreckt davon, sondern ging mechanisch einen Schritt vorwärts, um zu beweisen, daß er sich nicht vor dem Unwirklichen fürchtete, sondern bereit war, sich auf das Phantastische einzulassen.

»Schnell... schnell...«, ertönte kaum hörbar ihre Stimme, als würde sie durch eine Watteschicht dringen.

Nun erst wagte er es, ihre Augen in den dunklen Höhlen zu suchen. Sie sahen nicht starr und glasig aus wie die Augen einer Toten, sondern waren, hervorquellend vor Atemnot, fest auf ihn gerichtet. Wieder bewegte sich ihre Hand. Er sah, daß sie auf die Strohballen zeigte, die neben ihr auf dem Boden lagen, und dann noch oben. Langsam wurde ihm bewußt, was sie von ihm erwartete. Wie betäubt stapelte er ein paar Ballen aufeinander, so daß sie ihre Füße draufstellen konnte. Als ihr Körper nicht mehr hing, sondern stand, nahm sie die Schlinge in die Hände, löste sie und zog den Kopf heraus. Sie blieb eine Weile verwirrt und desorientiert stehen. Bernard wollte etwas sagen, konnte aber kein Wort herausbringen. Ihm schwirrte der Kopf. Wie sehr er auch bereit war, das Unmögliche zu akzeptieren, er brauchte Zeit, sich an diese doppelte Auferstehung vom Tode zu gewöhnen.

Isabelle holte tief Luft, hustete, räusperte sich laut und massierte sich mit schmerzverzerrtem Gesicht Hals und Nacken. Plötzlich schien sie sich ihre Situation zu vergegenwärtigen und wurde von Eile getrieben. Sie bückte sich, und Bernard streckte ihr die Arme entgegen, um sie aufzufangen, aber sie sprang allein herunter. Dann stand sie vor ihm, so wie vor zwanzig Jahren, als sie ihn aus einer bedrängten Lage befreit hatte. Er bekam keine Zeit, sich darüber zu freuen. Sie ging ihm voraus durch den Keller auf die Treppe zu und bedeutete ihm mit einem Finger auf den Lippen, ihr zu folgen.

Verwirrt gehorchte er. Oben an der Treppe blieb sie stehen. Sie blickte umsichtig in den Gang und lauschte konzentriert, bevor sie ihre nackten Füße auf die Steinfliesen setzte. Auf Zehenspitzen ging sie weiter, nicht zur Küche, sondern in die entgegengesetzte Richtung, zur Haustür, die seit Menschengedenken mit zwei schweren Riegeln verschlossen war. Bernard schob sie mit zusammengepreßten Lippen und einem Kopf, der zu platzen drohte, geräuschlos auf. Sie huschten hinaus, und er schloß die Tür vorsichtig.

Erst als die grelle Morgensonne ihre blasse Haut und ihre Magerkeit enthüllte, kam Bernard erschrocken zu sich. Sie sah so durchsichtig, so zerbrechlich und ausgezehrt aus, daß er unwillkürlich an die Wesen denken mußte, die nach den alten Legenden aus dieser Gegend in Höhlen unter den Vulkanen lebten und nie das Tageslicht sahen. Er hatte sie wie Orpheus aus der Unterwelt geholt. Mit ängstlichen Blicken überquerte

Isabelle den Hof. Sie schien sich nicht bewußt zu sein, daß sie sich in Bernards Begleitung nicht mehr zu fürchten brauchte. Die Angst trieb sie weiter. Aber als sie den Zaun hinter sich gelassen hatten und sich nicht mehr in der Blicklinie von Jeannes Haus befanden, blieb Isabelle stehen. Sie schwankte und faßte sich mit der Hand an den Kopf. In wenigen Schritten war Bernard bei ihr.

»Ich glaube, ich muß mich kurz ... hinlegen«, stammelte sie und nahm seinen Arm. Bernard nickte. Er stützte sie und führte sie zum Wegrand, aber sie schüttelte heftig den Kopf.

»Mehr im Wald ... damit sie uns nicht sieht.«

Sie bogen in einen schmalen Waldweg ein, der sie an eine sonnenbeschienene, von Steineichen umgebene Lichtung brachte, wo ihm Isabelle kraftlos aus den Händen glitt.

Bernard nahm in gebührendem Abstand Platz. Verwirrt nahm er das Bild in sich auf, als sie da im Gras lag wie eine beschwipste Waldnymphe. Er konnte es nicht fassen, daß sein Traumbild hier bei ihm war, leicht beschädigt zwar, aber gesund, auf eine ungereimte Art und Weise einer ungereimten Situation entkommen. Dutzende von Fragen schossen ihm durch den Kopf, es war eine Tantalusqual, sie in Ruhe lassen zu müssen.

Es wurde wärmer, und er knöpfte sein Hemd auf. Beim Anblick seiner rosafarbenen, schwabbeligen Brust, die noch nie Hautkontakt mit einer Frau gehabt hatte, schweifte sein Blick wehmütig zu Isabelle. Das zerrissene Blümchenkleid bedeckte kaum ihren Körper. Sie lag mit geschlossenen Augen da. Ihre Brust ging im Rhythmus der schnellen Atemzüge auf und ab. Ein seltsames, unbesonnenes Gefühl überkam ihn.

Er könnte sie berühren! Sie lag einen Meter von ihm entfernt, wenn er sich vorbeugte... Endlich könnte er sein süßes Traumbild in Wirklichkeit umsetzen. Nun gehörte sie ihm. Ohne ihn wäre sie gestorben. Für die Außenwelt war sie schon lange tot. Gewissermaßen existierte sie also gar nicht mehr...

Er lauschte dem Zirpen der Grillen, dem Jubilieren einer Amsel. Um sich herum spürte er das Gewimmel von Käfern und winzigen Insekten. Alles lebte einfach drauflos und ließ sich nicht durch moralische Überlegungen von seiner natürlichen Bestimmung abhalten. Nur ein einziges Mal, ging es ihm durch den Kopf, ein einziges Mal kein höflicher, mitleidsvoller Mensch sein... Alles für ein einziges Mal aufopfern... Das Blut stieg ihm in den Kopf. Er bewegte sich nicht. Kein einziger Körperteil machte auch nur die geringsten Anstalten. Er lauschte dem durch seine wilden Gedanken verursachten Ohrenrauschen und tat nichts. Dann wurde es in seinem Kopf ganz still, und ihm wurde langsam bewußt, daß er auch jetzt wieder seiner Phantasie zum Opfer gefallen war. Seine Vorliebe für die Unwirklichkeit hatte diesmal allerdings eine schamlose, widerliche Form angenommen. Hier lag er, eine schwammige, rosarote Masse, die nach Schweiß stank, voll ekelerregender Phantasien über eine wehrlose Frau, die mit knapper Not dem Tod entronnen war. Wie konnte so eine giftige Flamme in seinen Gedanken auflodern? Zu dem Widerwillen, den er seit jeher vor sich empfand, kamen nun Abscheu und Angst. Zwar habe ich mir selbst Einhalt geboten, sagte er sich, aber was wäre geschehen, wenn diese Bremse versagt hätte? Wann geht die

Phantasie in Wirklichkeit über? Wie kurz ist die Brükke dazwischen? Plötzlich meinte er, sich vorstellen zu können, wie andere, mit weniger Skrupeln behaftet als er, in einem Rausch diese Brücke überquerten. Es war eigentlich ganz... einfach. Warum funktionierte der Bremsmechanismus wohl bei dem einen und bei dem anderen nicht? War es eine Frage der Moral... oder der Feigheit? Wie konnte er auch nur einen Funken Vertrauen in die Menschheit haben, wenn er sogar bei sich diesen Keim entdeckte?

In Isabelle kam Bewegung. Mit leisem Stöhnen sagte sie: »Oh... mein Nacken«, und stützte sich auf den Ellbogen. Sie rieb sich mit einer Hand über Nacken und Hals, wo ein knallroter Streifen an den rauhen Strick erinnerte.

»Ich... ich bin so froh...«, stotterte Bernard, »daß ich Sie hier gesund vor mir sehe... Als ich Sie sah... im Keller... dachte ich... wußte ich nicht... ich bin so furchtbar erschrocken...«

»Die Hunde...« Ihre Stimme klang heiser. Wie ein Nachttier kniff sie die Augen zu gegen das Sonnenlicht. »Wegen der Hunde... ist es mißglückt.«

»Hunde?«

»Die Hunde von... von... ihre Hunde...« Isabelle drehte den Kopf in Richtung von Jeannes Haus. Diese Bewegung entlockte ihr gleichzeitig einen Schmerzensschrei. »Die Hunde haben die Strohballen umgeworfen, auf die ich zum Schluß steigen wollte.«

»Zum Schluß... von was?«

Sie griff sich an den Hals und röchelte. Vor lauter Husten lief sie rot an, ein zäher Husten, bei dem sich ihr ganzer Körper krümmte. »Ich... ich werde es Ihnen erzählen«, sagte sie und schnappte nach Luft.

Bernard schaute hilflos zu. »Sie brauchen nichts zu sagen.«

»Aber ich... ich möchte darüber sprechen«, hustete sie trotzig. »Ich muß es loswerden.« Mühsam unterdrückte sie den Husten. »Nach dem Trick mit der Schlinge«, sagte sie heiser, »wollte ich mich auf die Strohballen stellen. Ich habe einmal in einem Film über die Ketzerverfolgung im späten Mittelalter mitgespielt. Da wurde ich von der Inquisition aufgehängt. Sie nahmen keine Puppe, ich wurde wirklich aufgehängt. Sie haben einen Strick um einen Ring aus Draht geflochten, so daß ich eigentlich auf meinem Kinn hing. Es ist... ein komisches Gefühl, weil die Kehle doch ein bißchen zugeschnürt wird... aber es geht... es darf nur nicht zu lange dauern.«

Zum erstenmal sah sie Bernard an. Trotz ihres miserablen Zustands war es der gleiche helle, entschlossene Blick, an den er sich von früher erinnerte.

»Zwischen dem Gerümpel im Keller habe ich ein Stück Draht und einen Strick gefunden«, sagte sie, »so kam ich auf die Idee.«

»Aber was wollten Sie damit erreichen?« fragte Bernard.

Isabelle strich sich das Haar aus dem Gesicht. »Ich habe einmal ein Buch über einen Chinesen gelesen, der auf raffinierte Weise aus dem Gefängnis geflohen ist. Er war in einer schmalen, hohen Zelle eingeschlossen. Kurz bevor ihm das Essen gebracht wurde, spannte er seinen Körper zwischen die beiden Wände und bewegte sich so, die Füße gegen die eine, die Hände gegen die andere Wand gestemmt, langsam nach oben, bis er die Decke erreicht hatte. Als der Bewacher seine Zelle leer vorfand, rannte er entsetzt hinaus, um die

Flucht zu melden. Die Tür ließ er offen. In der Zwischenzeit sprang der Chinese herunter und haute ab.«

Sie seufzte und riß mit einem kurzen, heftigen Ruck ein Büschel Gras aus der Erde. »Ich hoffte, daß es dieselbe Wirkung auf Jeanne haben würde, wenn ich mich erhängte. Es lief auch alles so, wie ich es mir vorgestellt hatte ... bis auf die Hunde ...«

Bernard hörte ihr mit offenem Mund zu. Die Erfindungsgabe und Tatkraft Isabelles, die bis vor kurzem in seiner blutarmen Phantasie nicht mehr als ein passiver Engel gewesen war, imponierten ihm.

»Wenn Sie nicht gewesen wären ...« Ihre Stimme stockte. »Wie ... haben Sie mich gefunden?«

Bernard begann, vor Verlegenheit stotternd, bei den roten Schühchen, die sie, wie sich herausstellte, schon am Anfang ihrer Gefangenschaft zwischen die Gitter geschoben hatte, in der Hoffnung, daß sie von einem Passanten bemerkt würden. Nach den Schuhen ging er auf ihr Drängen Schritt für Schritt zurück in der Zeit. Er erzählte ihr von seinem rätselhaften Gespräch mit Jeanne Bitor im La Truite Dorée und seiner Unterhaltung mit Odile Sévérac. Er erklärte ihr, warum er, nachdem die anderen die Suche nach Isabelle längst eingestellt hatten, wider besseres Wissen nicht aufgegeben hatte. So landete er von selbst beim Ursprung seiner Verehrung für sie: jenem Nachmittag in einer sonnendurchfluteten Vergangenheit, als sie ihn aus der Tonne befreit hatte.

Nach diesem Bericht, der immer mehr einer Beichte ähnelte, schwieg er erschöpft. Gespannt sah er Isabelle an. Das war die Stunde X. Er hatte seine intimsten Beweggründe bloßgelegt.

Gedankenverloren starrte sie vor sich hin. »Der

Abend mit Jeanne«, sagte sie und schnellte plötzlich hoch, »als sie das Bierglas zerdrückte, wann war das genau?«

»Äh... vorgestern...«

Isabelle nickte langsam. »Dann kann ich es mir zusammenreimen.«

»Was... was meinen Sie?«

»Der plötzliche Umschwung in ihrem Verhalten. Davor... zeichnete sich eine Wende zum Besseren ab. Das Eis zwischen uns schien sozusagen gebrochen. Aber gestern... war sie auf einmal wieder so hart und distanziert... so besessen... Deshalb mein verzweifelter Versuch... Ich konnte es nicht mehr aushalten... ich war am Ende...«

Bernards Ungeduld, zu erfahren, was sich abgespielt hatte, siegte über seine Enttäuschung darüber, daß Isabelle mit keiner Silbe auf sein Bekenntnis einging: »Aber... wie konnte das alles nur geschehen?«

Sie schaute ihn zögernd an, als wollte sie abschätzen, wieviel er ertragen könne. »Sie werden es mir nicht glauben«, seufzte sie. Aber unmittelbar danach ließ sie ihre Vorbehalte fahren und begann fieberhaft zu erzählen. Gehetzt – es schien, als könnte Jeanne immer noch jeden Augenblick auftauchen und sie am Sprechen hindern – sprudelte sie die Geschichte ihrer Gefangenschaft heraus. In der Heftigkeit, mit der sie sprach, sah er den Niederschlag der ausgestandenen Angst und Verzweiflung, die sich nun automatisch auf ihn übertrugen.

Er wurde immer kleiner. Das war eine so finstere, so unglaubliche Geschichte! Es war eher ein bizarres Märchen denn etwas, was sich wirklich ereignet hatte. Er kannte Jeanne Bitor... wie sich die Leute im Dorf eben kennen. Verrückt, aber ungefährlich, so hatte er sie immer beurteilt, und ein bißchen bedauernswert. Wie konnte sie so etwas planen... ausführen... und dann abends mit unbewegtem Gesicht im La Truite Dorée stehen? Abend für Abend hatte er Isabelles Entführerin gegenübergesessen, während er in seiner Verzweiflung links und rechts Gespräche mit den Stammgästen anknüpfte, in der Hoffnung, sie könnten vielleicht...

Eine heftige Wut überkam ihn. Daß ein Mensch einem anderen so etwas antun konnte! Je mehr ihm Isabelle erzählte, je mehr ärgerliche Details sie hinzufügte, desto mehr steigerte sich sein Zorn. Nie zuvor hatte er ein so brennendes Gefühl erlebt. Er war immer die Toleranz in Person gewesen und hatte über ein großes Einfühlungsvermögen verfügt, auch wenn die Menschen sich daneben benahmen. Die Jungen, die ihn damals in die Tonne steckten, hatte er nicht gehaßt, sie hatten ihn nur tief verletzt und enttäuscht zurückgelassen. Weil er mit solch extremen Gefühlen nicht umgehen konnte, wurde ihm schlecht. Am liebsten hätte er Isabelle zum Schweigen gebracht, aber alles sprudelte aus ihr heraus, sie spuckte soviel aufgehäufte Todesangst aus, daß ihr magerer Körper an dieser Gewalt zu zerbrechen schien.

»Noch nie zuvor in meinem Leben«, fuhr sie atemlos fort, »hing soviel von meinem schauspielerischen Talent ab. Und dazu mußte ich mir auch noch selbst einen Text ausdenken. Ich habe alle Register gezogen, alle Klischees über das Leben von Filmstars benutzt... Die Biographie von Marilyn Monroe habe ich genommen... Ich habe einfach drauflos phantasiert... Aber es hat gewirkt! Wenn ich noch ein paar

Tage Zeit gehabt hätte, hätte ich einfach weggehen können. Wir haben zusammen Wein unterm Apfelbaum getrunken... ich sollte das Schlafzimmer ihres Vaters bekommen!«

»Diese Frau«, unterbrach Bernard sie schließlich mit wuterstickter Stimme, »wird sich dafür verantworten müssen.«

Plötzlich schwieg Isabelle. Die Sturzflut ihrer Worte nahm ein abruptes Ende. Sie spitzte wie ein Hase, der Gefahr wittert, die Ohren. »Wie meinen Sie das?«

»Man wird sie vor den Richter bringen.«

Isabelle schüttelte den Kopf. »Man soll sie in Ruhe lassen«, sagte sie leise.

»Aber...« Bernard vergaß völlig, wen er vor sich hatte. »Wie können Sie so etwas sagen! Sie muß doch bestraft werden!«

»Nein!«

»Aber...«

»Ich bin noch nie jemandem begegnet«, sagte Isabelle auf einmal ganz ruhig und beherrscht, »der so... unglücklich ist. Ich habe mir auch noch nie klargemacht, daß eine Frau so sehr das Opfer ihres Äußeren... ihrer Häßlichkeit werden kann...«

»Aber Häßlichkeit ist doch noch lange keine Entschuldigung!« rief Bernard. »Jeder Mensch erfährt Prüfungen auf seinem Weg. Der eine wird dadurch härter, der andere geläutert. Unattraktive Menschen können ihre Häßlichkeit kompensieren, indem sie zum Beispiel außergewöhnlich freundlich oder geistreich sind oder, sagen wir mal, hervorragend Klavier spielen. Dann sieht man die Häßlichkeit nicht mehr, und sie kann sogar – sozusagen – zu einem Verdienst werden. Es gibt keine einzige Entschuldigung, jemanden, den die Natur freundlicher bedacht hat, dafür büßen zu lassen. Stellen Sie sich das mal vor, aus diesem Grund könnte ja die eine Hälfte der Menschheit die andere ausrotten!«

Nach diesem Ausbruch war er außer Atem. Keuchend wischte er sich mit dem Ärmel den Schweiß vom Gesicht.

»Sie kennen sie nicht«, sagte Isabelle ruhig. »Ich möchte nicht, daß sie noch mehr leiden muß. Das Leben straft sie schon genug.«

»Ich begreife Sie nicht, nach allem, was sie Ihnen angetan hat.« Etwas von der Wut, die Bernard für Jeanne empfand, sprang nun auf Isabelle über. Er ärgerte sich über ihren Mangel an Gerechtigkeitssinn, über ihre Dickköpfigkeit, ihre Undankbarkeit. Wozu hatte seine monatelange Suchaktion, seine hartnäckige Ausdauer gedient, wenn diejenige, die das alles zu verantworten hatte, ungestraft davonkam? Er fühlte sich verschmäht: Isabelle empfand mehr für die Frau, die sie beinahe umgebracht hätte, als für ihn, ihren Retter. Er war enttäuscht, tief enttäuscht. Plötzlich wußte er sich keinen Rat mehr mit ihr... mit sich selbst...

»Sollen wir... sollen wir uns dann mal... auf die Konfrontation mit der bewohnten Welt einlassen?« stotterte er und stand mühsam auf.

»Ich habe Angst davor«, seufzte Isabelle und strich die Reste ihres Sommerkleides glatt, »aber wenn's denn sein muß, dann lieber gleich.«

14

Der Nachsommer war herrlich. Die Tage begannen mit tiefhängendem Nebel, über dem die Berggipfel schwebten, als ob sie zu einer anderen Welt gehörten. In den Wäldern wurden Kastanien gepflückt, die später auf den Pariser Boulevards von Nordafrikanern geröstet wurden.

In Bernards Garten blühten die Dahlien. Er pflückte große Sträuße und stellte sie in Kristallvasen – nicht mehr neben das Bild von Isabelle, sondern auf den Tisch und das Büfett. Ihr Porträt hatte er zu den alten Fotos und vergilbten Zeitungsartikeln in eine Schublade gelegt.

Der Bann war gebrochen. Seit er sie als eine Frau aus Fleisch und Blut kannte, hatte sich der Zauber wie Nebel in der Morgensonne aufgelöst. Er wußte nicht, was dabei ausschlaggebend gewesen war: die Tatsache, daß sie sich selbst in nächster Nähe als unerreichbar erwiesen hatte, ihre Ablehnung seiner Liebe oder ihre unangemessene Stellungnahme für Jeanne Bitor. Noch immer empfand er Mitleid mit ihr, wenn er daran dachte, was sie durchgemacht hatte, noch immer bewunderte er ihre Selbstdisziplin und Erfindungsgabe in schlimmen Situationen, aber die maßlose Verehrung, die ihn so viele Jahre inspiriert hatte, war dahin. Statt dessen war eine große Leere entstanden. Obwohl er sich selbst sagte, daß es nun an der Zeit sei, sich damit abzufinden und zum Alltag zurückzukehren, mußte er jeden Morgen beim Aufstehen mit einem lähmenden Mangel an Motivation kämpfen.

Die Familie Amable verehrte ihn wie einen Helden. Sie gab ihm zu Ehren ein Diner, an dem neben Isabelle, ihrem Verlobten, ihrem Produzenten und dem Bürgermeister des Dorfes auch der Polizeikommissar teilnahm, der nun alles in die Wege leitete, um die Entführerin zu finden. Durch geheime Erkundungen hatte die Familie Bernards Leidenschaft für Schubert herausgefunden. Eines Morgens wurden ihm alle Symphonien, Sonaten, Impromptus und Lieder gebracht, von den besten Orchestern, Dirigenten und Solisten aufgenommen. Dem Paket lag ein Brief bei mit der Erklärung, daß kein einziges dem Leben ihrer Tochter gleichwertiges Geschenk denkbar wäre.

Isabelle hatte innerhalb weniger Wochen ihr altes Gewicht wieder. Sie wurde von tonangebenden Blättern interviewt. Zur allgemeinen Verwunderung trat sie immer wieder als Fürsprecherin Jeanne Bitors auf. Psychologen bezeichneten es als eine bei Geiselnahmen und Entführungen häufig auftretende Begleiterscheinung, daß das Opfer Sympathie für den Täter empfand, manchmal sogar einer Gehirnwäsche durch den Täter unterzogen wurde. Bernard weigerte sich, Interviews zu geben. Die Sensationslust, mit der sich die Presse auf die Geschichte stürzte, widerte ihn an. Das Gerücht, daß die Ereignisse sogar mit Isabelle in der Hauptrolle verfilmt werden sollten, wurde gleich wieder dementiert: Sie soll sich geweigert haben, alles noch einmal durchmachen zu müssen.

Jeanne Bitor wurde nicht gefunden. Der ganze Polizeiapparat durchkämmte vergeblich das Gebiet und stützte sich dabei auf die Erfahrungen beim letzten Verschwinden. Die Hunde, die in der Nähe des Gehöfts herumstreunten, wurden gefangen und getötet, weil niemand sie haben wollte. Danach wurde das Haus beschlagnahmt und zugenagelt. Die Dorfbewohner vermißten Jeanne nicht. Anfangs sprach man mit Abscheu und Scham über sie: Sie war keine Reklame für das Dorf oder die Gegend. Ihre Abwesenheit wurde eigentlich kaum bemerkt, so wie früher ihre Anwesenheit fast jedem entgangen war. Man vergaß sie so schnell wie möglich.

Als die Behörden offiziell erklärten, daß sie die Hoffnung, Jeanne wiederzufinden, aufgegeben hatten, übernahm Bernard erneut in aller Stille die Suche. In den Bergen umherzustreifen, den plumpen Körper immer wieder die Berghänge hinaufzuschleppen, die Atemnot, das Schwitzen – all das war offensichtlich ein notwendiger Teil des Rituals zur Beschwörung seiner Einsamkeit.

Auf unerklärliche Weise hatte sich Jeanne Bitor in einer Phase großer Niedergeschlagenheit tief in sein Bewußtsein eingenistet. Das bedeutete eine revolutionäre Wandlung, einen Umsturz seines ganzen Normen- und Wertesystems. Die Königin des Tages hatte ihren Thron der Königin der Nacht abgetreten. Es hatte den Anschein, als hätte Isabelle den Stab an Jeanne weitergegeben. Die Geschichte begann und endete mit einem Verschwinden, einer Tatsache, die fast so unerträglich war wie das Mysterium des Lebens, das am selben Punkt beginnt und endet: der Nicht-Existenz. Eine Schlange, die sich in den Schwanz beißt und sich selbst verschlingt.

Er konnte es nicht verwinden, daß Jeannes allabendliche stille Anwesenheit hinter dem Schanktisch für ihn nie ein Anlaß gewesen war, sie besser kennenzulernen. Er hatte einer außergewöhnlichen Frau gegenübergesessen und es nicht gewußt. Sein Interesse für sie hatte nichts mit der banalen, allgemein-menschlichen Neugier für das Seelenleben eines Verbrechers zu tun. Bernard wurde von einer Faszination getrieben: So wie er in Isabelle das Schöne und Gute angebetet hatte, so meinte er, wenn er vom Keim der Unmenschlichkeit ausging, den er bei sich selbst entdeckt hatte, in Jeanne das Böse und das Häßliche zu erkennen. Wer war sie? Seine ursprüngliche Wut und Rachgier waren völlig hinter diese quälende Frage zurückgetreten.

Immer wenn er in Gedanken ihre lange, gekrümmte Gestalt ruhelos durch die Berge streifen sah, von einem Gipfel zum anderen, packte er sich Proviant ein und machte sich auf die Suche. Wenn er abends unverrichteter Dinge zurückkehrte, hörte er sich am liebsten Schuberts ›Unvollendete‹ an, um sich über die Tatsache hinwegzutrösten, daß auch die Frage Jeanne Bitor durch ihr Verschwinden unvollendet war.

Margriet de Moor im dtv

»Ich möchte meinen Leser genau in diesen zweideutigen Zustand versetzen, in dem die Gesetze der Wirklichkeit aufgehoben sind.«
Margriet de Moor

Erst grau dann weiß dann blau
Roman · dtv 12073

Eines Tages ist sie verschwunden, einfach fort. Ohne Ankündigung verläßt Magda ihr angenehmes Leben, die Villa am Meer, den kultivierten Ehemann. Und ebenso plötzlich ist sie wieder da. Über die Zeit ihrer Abwesenheit verliert sie kein Wort. Die stummen Fragen ihres Mannes beantwortet sie nicht.

Der Virtuose
Roman · dtv 12330

Neapel zu Beginn des 18. Jahrhunderts – die Stadt des Belcanto zieht die junge Contessa Carlotta magisch an. In der Opernloge gibt sie sich, aller Erdenschwere entrückt, einer zauberischen Stimme hin: Es ist die Stimme Gasparo Contis, eines faszinierend schönen Kastraten. Carlotta verführt den in der Liebe Unerfahrenen nach allen Regeln der Kunst.

Rückenansicht
Erzählungen · dtv 11743

Doppelporträt
Drei Novellen · dtv 11922

»De Moor erzählt auf eine unerhört gekonnte Weise. Ihr gelingen die zwei, drei leicht hingesetzten Striche, die eine Figur unverkennbar machen. Und sie hat das Gespür für das Offene, das Rätsel, das jede Erzählung behalten muß, von dem man aber nie sagen kann, wie groß es eigentlich sein soll und darf.«
Christof Siemes in der ›Zeit‹